2nd Edition

Workbook 練習冊

繁體版

輕鬆學漢語
少兒版

CHINESE MADE EASY

FOR KIDS

Joint Publishing (H.K.) Co., Ltd.
三聯書店（香港）有限公司

Yamin Ma

Chinese Made Easy for Kids **(Workbook 4)** (Traditional Character Version)

Yamin Ma

Editor	Hu Anyu, Li Yuezhan
Art design	Arthur Y. Wang, Yamin Ma
Cover design	Arthur Y. Wang, Zhong Wenjun
Graphic design	Zhong Wenjun
Typeset	Sun Suling

Published by

JOINT PUBLISHING (H.K.) CO., LTD.

20/F., North Point Industrial Building,

499 King's Road, North Point, Hong Kong

Distributed by

SUP PUBLISHING LOGISTICS (H.K.) LTD.

16/F., 220-248 Texaco Road, Tsuen Wan, N.T., Hong Kong

First published January 2006

Second edition, first impression, May 2015

Second edition, third impression, March 2022

E-mail:publish@jointpublishing.com

輕鬆學漢語　少兒版 （練習冊四）（繁體版）

編　　著	馬亞敏
責任編輯	胡安宇　李玥展
美術策劃	王　宇　馬亞敏
封面設計	王　宇　鍾文君
版式設計	鍾文君
排　　版	孫素玲
出　　版	三聯書店（香港）有限公司 香港北角英皇道 499 號北角工業大廈 20 樓
發　　行	香港聯合書刊物流有限公司 香港新界荃灣德士古道 220-248 號 16 樓
印　　刷	中華商務彩色印刷有限公司 香港新界大埔汀麗路 36 號 14 字樓
版　　次	2006 年 1 月香港第一版第一次印刷 2015 年 5 月香港第二版第一次印刷 2022 年 3 月香港第二版第三次印刷
規　　格	大 16 開（210×260mm）144 面
國際書號	ISBN 978-962-04-3694-9

© 2006, 2015 三聯書店（香港）有限公司

CONTENTS

第一課 你去過哪裏

1 Trace the characters.

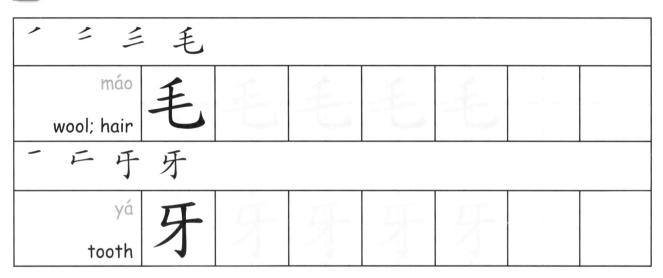

／	′	≡	毛			
máo wool; hair	毛	毛	毛	毛	毛		
＿	⌐	牙	牙			
yá tooth	牙	牙	牙	牙	牙		

2 Find the matching part to complete the character.

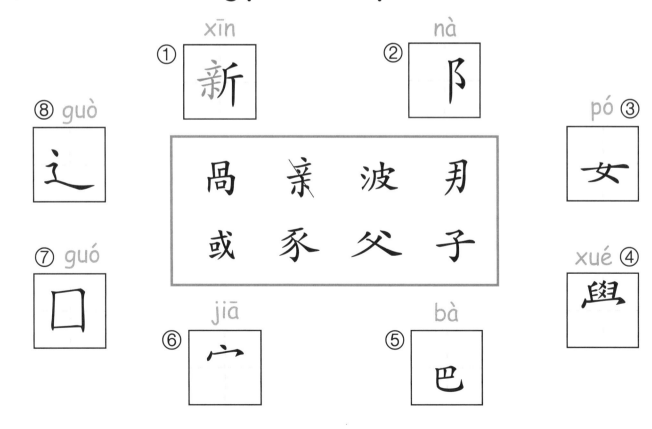

① xīn 新

② nà 阝

③ pó 女

④ xué 𮥼

⑤ bà 巴

⑥ jiā 宀

⑦ guó 囗

⑧ guò 辶

咼　亲　波　朋

或　豕　父　子

3 Draw the relatives on your father's or mother's side. Write the Chinese under each picture.

Useful words:

a) yé ye 爺爺

b) nǎi nai 奶奶

c) shū shu 叔叔

d) gū gu 姑姑

e) wài gōng 外公

f) wài pó 外婆

g) jiù jiu 舅舅

h) yí mā 姨媽

i) bà ba 爸爸

j) mā ma 媽媽

k) gē ge 哥哥

l) jiě jie 姐姐

m) dì di 弟弟

n) mèi mei 妹妹

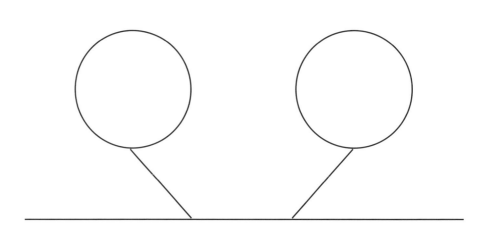

4 Write the characters.

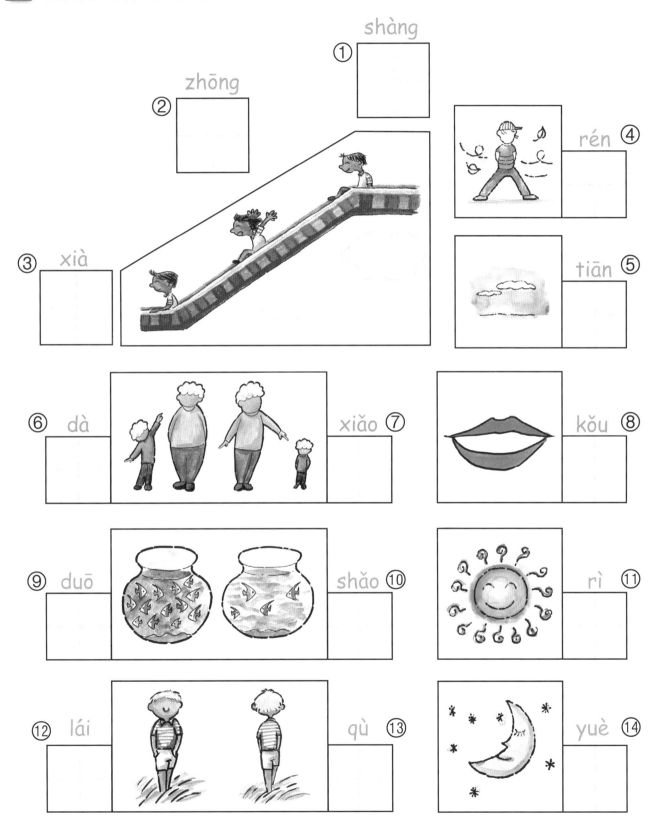

shàng ①

zhōng ②

rén ④

tiān ⑤

③ xià

⑥ dà

xiǎo ⑦

kǒu ⑧

⑨ duō

shǎo ⑩

rì ⑪

⑫ lái

qù ⑬

yuè ⑭

5 Circle the words you know and write the meaning of each word.

work

gōng	zuò	xīn	jiā	pō	nà	li	yuè
工	作	新	加	坡	那	裏	月

ào							liang
澳							亮

dà							guó
大							國

lì							jiā
利							家

yà	xī	bān	yá	dà	xué	shēng	rì
亞	西	班	牙	大	學	生	日

6 Fill in the information about yourself.

wǒ jīn nián　　　　　　suì　shàng　　　　　nián jí
1) 我今年_____歲，上_____年級。

wǒ jiā de diàn huà hào mǎ shì
2) 我家的電話號碼是：_____。

wǒ zǎo shang yì bān　　　　diǎn qǐ chuáng
3) 我早上一般_____點起牀。

wǒ zǎo fàn yì bān chī
4) 我早飯一般吃_____。

wǒ wǎn shang yì bān　　　　diǎn shuì jiào
5) 我晚上一般_____點睡覺。

4

7 Answer the questions.

nǐ qù guo xīn jiā pō ma

1) 你去過新加坡嗎? _____

xīn jiā pō rén shuō shén me yǔ yán

2) 新加坡人說什麼語言? _____

nǐ qù guo shén me guó jiā

3) 你去過什麼國家? _____

nǐ zuì xǐ huan shén me guó jiā

4) 你最喜歡什麼國家? _____

nǐ huì shuō shén me yǔ yán

5) 你會說什麼語言? _____

nǐ bà ba   mā ma huì shuō hàn yǔ ma

6) 你爸爸、媽媽會說漢語嗎? _____

8 Trace the characters.

丨	冂	冂	冎	咼	丹	咼	咼	咼	淌	渦	渦	過

guo indicate past experience	過						

一	二	三	手	丢	看	看	看	看

kàn visit	看						

丶	亠	亠	亠	亩	户	亭	亭	亮

liàng bright	亮						

1 Trace the characters.

` ソ ゾ 兰 半						
bàn half	半	半	半	半	半	

` 一 广 广 庁 庐 庐 府 府 廒 廒 廒 廒 廠 廠						
chǎng factory	廠	廠	廠	廠	廠	

2 Group the words in the box.

1) 男 ： 爺爺 _____

_____

_____

2) 女 ： _____

_____

_____

yé ye a) 爺爺	gū gu g) 姑姑
nǎi nai b) 奶奶	gē ge h) 哥哥
wài gōng c) 外公	wài pó i) 外婆
jiě jie d) 姐姐	dì di j) 弟弟
shū shu e) 叔叔	bà ba k) 爸爸
mèi mei f) 妹妹	mā ma l) 媽媽

3 Write the characters.

gōng ①

tǔ ②

tián ③

huǒ ④

jiàn ⑤

jǐng ⑥

4 Guess the meaning of each word and draw a picture to illustrate it.

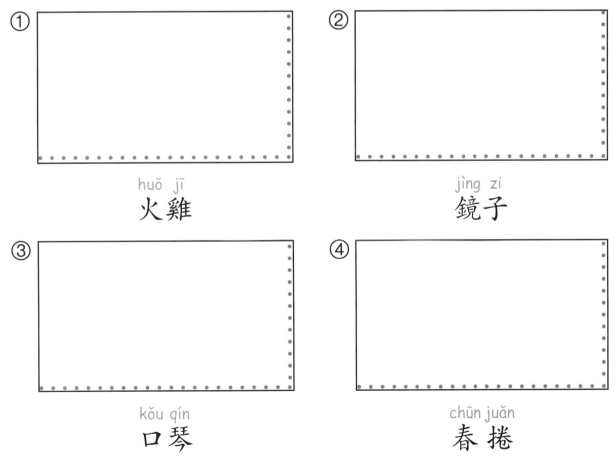

①

huǒ jī
火雞

②

jìng zi
鏡子

③

kǒu qín
口琴

④

chūn juǎn
春捲

5 Find the matching radical from the box to complete the character.

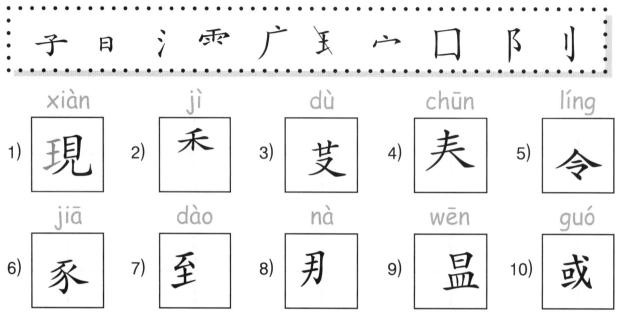

子　日　氵　雫　广　王　宀　口　阝　刂

xiàn	jì	dù	chūn	líng
1) 現	2) 禾	3) 芰	4) 夫	5) 令

jiā	dào	nà	wēn	guó
6) 豕	7) 至	8) 月	9) 呈	10) 或

6 Write the characters.

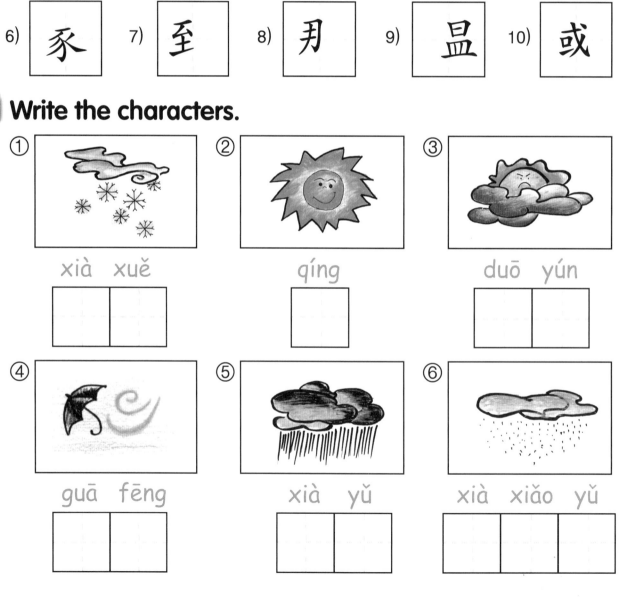

① xià xuě

② qíng

③ duō yún

④ guā fēng

⑤ xià yǔ

⑥ xià xiǎo yǔ

8

7 Fill in the blanks with the measure words in the box.

| ge 個 | zhī 隻 | kǒu 口 | tiáo 條 | jiān 間 | kē 顆 | jié 節 |

1) sì 四 __口__ rén 人

2) yì 一 ____ yú 魚

3) yì 一 ____ wò shì 卧室

4) yì 一 ____ māo 貓

5) liǎng 兩 ____ kè 課

6) sān 三 ____ péng you 朋友

7) liǎng 兩 ____ qún zi 裙子

8) wǔ 五 ____ jī 雞

9) yí 一 ____ rè gǒu 熱狗

10) yì 一 ____ kè tīng 客廳

11) liǎng 兩 ____ zú qiú 足球

12) sì 四 ____ yá 牙

8 Circle the words and write the meaning of each word.

① chūn 春	xià 夏	dōng 冬	líng 零	xià 下
qiū 秋	tiān 天	qì 氣	wēn 温	yǔ 雨
zuǒ 左	yòu 右	guā 颳	dì 地	yuè 月
zhōng 中	guó 國	fēng 風	duō 多	liang 亮
jiā 家	rén 人	dà 大	yún 雲	shao 少

① __spring__   ⑥ _____

② _____   ⑦ _____

③ _____   ⑧ _____

④ _____   ⑨ _____

⑤ _____   ⑩ _____

9 **Read the sentences, draw pictures and colour them in.**

①

　　　　　　tā de gè zi hěn gāo
　　　　　他 的 個 子 很 高。

tā de tuǐ cháng cháng de　　liǎn
他 的 腿 長 長 的，臉

yě cháng cháng de　　tóu fa duǎn
也 長 長 的，頭 髮 短

duǎn de　　　　tā yǒu xiǎo yǎn jing
短 的。他 有 小 眼 睛、

gāo bí zi hé dà zuǐ ba　　tā
高 鼻 子 和 大 嘴 巴。他

dài yǎn jìng
戴 眼 鏡。

---

　　tā hěn ǎi　　yě hěn
她 很 矮，也 很

pàng　　tā de tóu fa cháng cháng
胖。她 的 頭 髮 長 長

de　　juǎn juǎn de　　tā de
的，捲 捲 的。她 的

liǎn yuán yuán de　　tā yǒu dà
臉 圓 圓 的。她 有 大

yǎn jing　　xiǎo bí zi hé xiǎo
眼 睛、小 鼻 子 和 小

zuǐ ba
嘴 巴。

②

10

10 **Write the characters.**

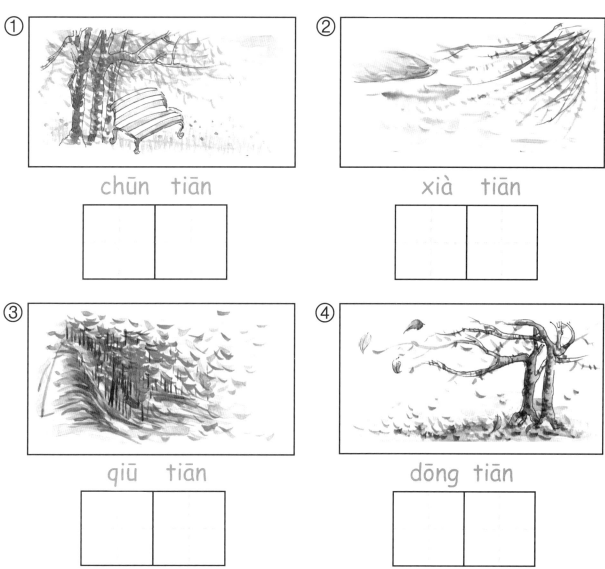

①   chūn   tiān

②   xià   tiān

③   qiū   tiān

④   dōng tiān

11 **Draw a picture to show today's weather and write a few sentences to describe it.**

12 Trace the characters.

´ 一 千 千 禾 禾 季 季						
jì season	季	季	季	季	季		

一 = 三 丰 夫 未 春 春 春						
chūn spring	春	春	春	春			

一 厂 厂 百 百 百 百 夏 夏 夏						
xià summer	夏	夏	夏	夏	夏		

´ 二 千 千 禾 禾 利 秒 秋						
qiū autumn	秋	秋	秋	秋			

ノ ク 久 冬 冬						
dōng winter	冬	冬	冬	冬	冬		

ノ 匚 仨 气 气 氕 氖 氣 氣 氣						
qì air	氣	氣	氣	氣			

	丶	丶	氵	氵	沪	沪	沪	沪	涓	温	温	温

wēn temperature	温	温	温	温	温		

	丶	亠	广	广	庄	庄	庄	度	度

dù degree	度	度	度	度	度		

13 Read the phrases, draw pictures and colour them in.

①

lǜ sè de xù shān
綠色的T恤衫

②

hēi sè de pí xié
黑色的皮鞋

③

zōng sè de niú zǎi kù
棕色的牛仔褲

④

huáng sè de mào zi
黃色的帽子

⑤

lán sè de lián yī qún
藍色的連衣裙

⑥

fěn sè de máo yī
粉色的毛衣

dì sān kè　　tā shēng bìng le
第三課　他生病了

1 Trace the characters.

一	丆	丆	耵	耵	耳	耳		
ěr ear	耳							

丶	心	心	心					
xīn heart	心							

2 Read and match.

nǐ yǒu jiù jiu ma
1) 你有舅舅嗎？　　　●

nǐ men jiā yǎng chǒng wù ma
2) 你們家養寵物嗎？　●

nǐ yǒu jǐ ge hǎo péng you
3) 你有幾個好朋友？　●

nǐ dài yǎn jìng ma
4) 你戴眼鏡嗎？　　　●

nǐ xǐ huan chuān　xù shān ma
5) 你喜歡穿 T 恤衫嗎？ ●

bù yǎng
● a) 不養。

méi yǒu
● b) 沒有。

dài
● c) 戴。

xǐ huan
● d) 喜歡。

sān ge
● e) 三個。

3 Read the phrases, draw pictures and colour them in.

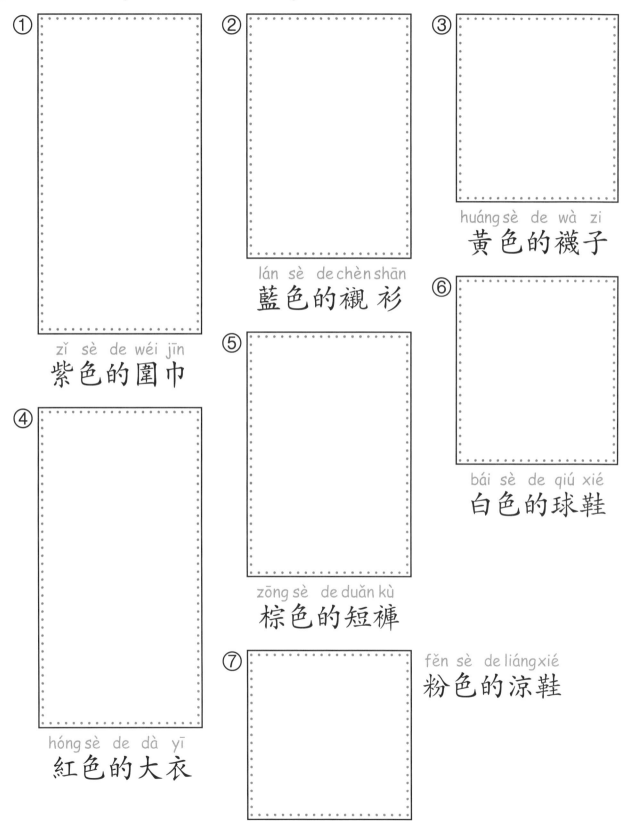

① zǐ sè de wéi jīn
紫色的圍巾

② lán sè de chèn shān
藍色的襯衫

③ huáng sè de wà zi
黃色的襪子

④ hóng sè de dà yī
紅色的大衣

⑤ zōng sè de duǎn kù
棕色的短褲

⑥ bái sè de qiú xié
白色的球鞋

⑦ fěn sè de liáng xié
粉色的涼鞋

4 **Write the characters.**

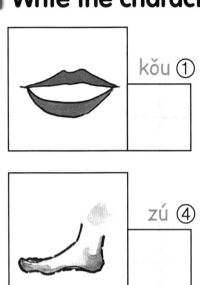 kǒu ①

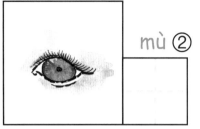 mù ②

 ěr ③

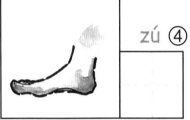 zú ④

 tóu ⑤

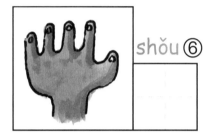 shǒu ⑥

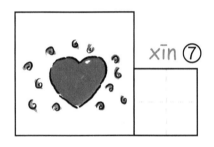 xīn ⑦

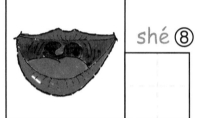 shé ⑧

 rén ⑨

5 **Circle the words and write the meaning of each word.**

yī	shēng	tóu	yá	ké
① 醫	生	頭	牙	咳
bìng	rén	jiǎo	tòng	sou
病	人	腳	痛	嗽
shān	huǒ	bú	yào	shàng
山	火	不	要	上
fā	shāo	gǎn	mào	xué
發	燒	感	冒	學

① _doctor_ ⑤ _____

② _____ ⑥ _____

③ _____ ⑦ _____

④ _____ ⑧ _____

Label each part of the body either with characters or pinyin.

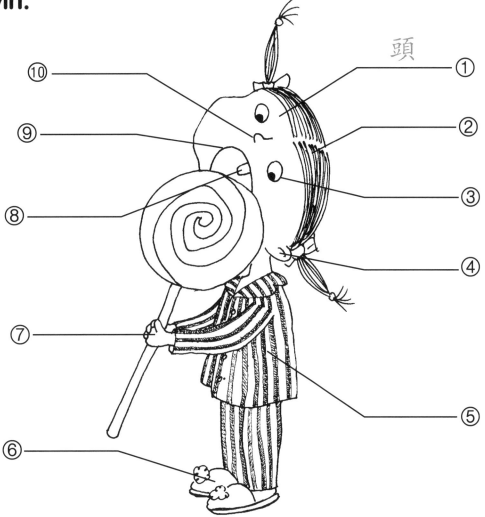

頭

⑩ ⑨ ⑧ ⑦ ⑥

① ② ③ ④ ⑤

Answer the questions in Chinese.

nǐ xià tiān yì bān chuān shén me yī fu
1) 你夏天一般穿什麼衣服?

_____

nǐ dōng tiān yì bān chuān shén me yī fu
2) 你冬天一般穿什麼衣服?

_____

8 Connect the matching words.

tóu	fā	ké	yī	shēng	gǎn
1) 頭	2) 發	3) 咳	4) 醫	5) 生	6) 感

sou	tòng	shēng	shāo	mào	bìng
a) 嗽	b) 痛	c) 生	d) 燒	e) 冒	f) 病

9 Trace the characters.

	丶 丷 丷 丷 业 业 业 业 业 峚 峚 對 對
duì to	對 對 對 對 對

	一 厂 丆 丆 丟 丟 医 医 医 医 医 医 医 医 医 医 医 醫
yī doctor	醫 醫 醫 醫 醫

	丶 一 亠 广 广 疒 疒 疒 病 病 病
bìng illness	病 病 病 病 病

	丶 一 亠 广 广 疒 疒 疒 疒 疒 痛 痛 痛
tòng ache; pain	痛 痛 痛 痛 痛

丶 丨 冂 口 口 口⁻ 哼 咳 咳 咳

| | ké sou
cough | 咳 | 嗽 | | | | |

丶 丨 冂 口 口⁻ 口⁻ 口⁻ 吨 咻 唻 唻 嗽 嗽 嗽

| | ké sou
cough | 咳 | 嗽 | | | |

丶 丷 丷 火 灯 灯 灯 炼 烌 烌 焼 燒 燒 燒

| | fā shāo
have a fever | 發 | 燒 | | |

一 厂 厂 厂 厓 厔 咸 咸 咸 咸 感 感 感

| | gǎn mào
catch cold | 感 | 冒 | | |

丨 冂 冂 曰 曱 冒 冒 冒 冒

| | gǎn mào
catch cold | 感 | 冒 | | |

一 一 丆 一 丙 西 西 覀 要 要

| | yào
should;
need; want | 要 | | | |

乚 夂 女 妇 奵 好

| | hǎo
get well | 好 | | | |

dì sì kè　　zhè shì yóu yǒng chí
第四課　這是游泳池

1 **Trace the characters.**

）	ｒ	ｒ	ｒ	ｐ	ｐ`	門	門	門	門	閂	閈	開

kāi open	開	開	開	開	開		

）	ｒ	ｒ	ｒ	ｐ`	門	門	門	閂	閈	閉	關	關	關	關	關	關	關

guān close	關	關	關	關		

2 **Draw your classroom and the things in it. Colour in the picture.**

3 Circle the words and write the meaning of each word.

① qián 前	hòu 後	lǐ 裏	chú 廚	fáng 房
zuǒ 左	miàn 面	yóu 游	shī 師	jiān 間
yòu 右	kè 客	xiǎo 小	yǒng 泳	shuǐ 水
wò 臥	rén 人	tīng 廳	mài 賣	chí 池
jiào 教	shì 室	cè 廁	suǒ 所	bù 部

① _in front_   ⑥ _____

② _____   ⑦ _____

③ _____   ⑧ _____

④ _____   ⑨ _____

⑤ _____   ⑩ _____

4 Find the opposite words and write them out.

nǚ 女	zǎo 早	qù 去	duō 多	yòu 右	lǐ 裏	cháng 長	xià 下	pàng 胖

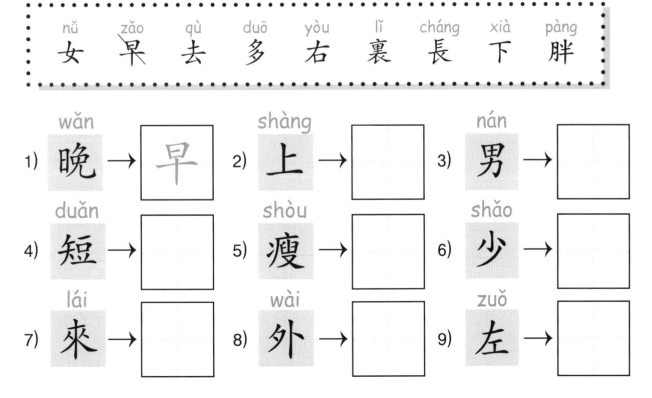

1) wǎn 晚 → 早   2) shàng 上 → ☐   3) nán 男 → ☐

4) duǎn 短 → ☐   5) shòu 瘦 → ☐   6) shǎo 少 → ☐

7) lái 來 → ☐   8) wài 外 → ☐   9) zuǒ 左 → ☐

5 Write two colour words for each of the following.

1) (xī guā) 西瓜

綠色、紅色
_____

2) (píng guǒ) 蘋果
_____

3) (shé) 蛇
_____

4) (gǒu) 狗
_____

5) (pú tao) 葡萄
_____

6) (qì chē) 汽車
_____

7) (gāng qín) 鋼琴
_____

8) (dà xiàng) 大象
_____

9) (māo) 貓
_____

10) (tù zi) 兔子
_____

11) (jīn yú) 金魚
_____

12) (táng guǒ) 糖果
_____

Useful words:

a) (bái sè) 白色

b) (hēi sè) 黑色

c) (hóng sè) 紅色

d) (lán sè) 藍色

e) (huáng sè) 黃色

f) (lǜ sè) 綠色

g) (zǐ sè) 紫色

h) (zōng sè) 棕色

i) (chéng sè) 橙色

j) (huī sè) 灰色

k) (fěn sè) 粉色

22

6 **Label the places either with characters or letters. Colour in the picture. Draw your school and label the places in Chinese.**

Useful words:

jiào xué lóu
a) 教學樓

yīn yuè shì
b) 音樂室

diàn nǎo shì
c) 電腦室

měi shù shì
d) 美術室

tǐ yù guǎn
e) 體育館

tú shū guǎn
f) 圖書館

lǐ táng
g) 禮堂

yóu yǒng chí
h) 游泳池

xiǎo mài bù
i) 小賣部

cè suǒ
j) 廁所

zú qiú chǎng
k) 足球場

7 **Read the sentences, draw pictures and colour them in.**

①

zì xíng chē zài zhuō zi qiánmiàn
自行車在桌子前面。

②

xiào fú zài chuáng shang
校服在牀上。

③

xiǎo gǒu zài wū zi wài miàn
小狗在屋子外面。

④

shū bāo zài yǐ zi xià miàn
書包在椅子下面。

⑤

dà yī zài yī guì li
大衣在衣櫃裏。

⑥

bà ba zuò zài mā ma zuǒ bian
爸爸坐在媽媽左邊。

8 Circle the words and write the meaning of each word.

lǐ 禮	tǐ 體	yù 育	guǎn 館	jiào 教	shì 室	shū 書	fáng 房
táng 堂							gōng 公
yóu 游							yuán 園
yǒng 泳							xié 鞋
chí 池							guì 櫃
cāo 操							cān 餐
chǎng 場	tú 圖	shū 書	guǎn 館	shù 樹	wū 屋	shū 書	zhuō 桌

hall

9 Fill in the missing character to form words.

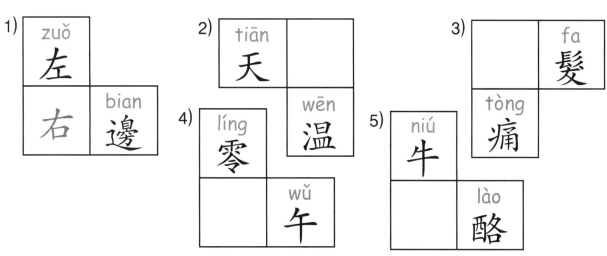

1) zuǒ 左 / 右 bian 邊

2) tiān 天 / wēn 溫

3) fa 髮 / tòng 痛

4) líng 零 / wǔ 午

5) niú 牛 / lào 酪

10 Add a radical to complete the character.

1) bú yào
不 要

2) gǎn mào
咸 曰

3) wǎn shang
免 上

4) tóu tòng
頭 甬

5) fā shāo
發 堯

6) qì wēn
氣 昷

11 Trace the characters.

丶 亠 丷 丷 广 广 肖 肖 前 前					
qián front 前	前	前	前	前	

丶 冫 氵 氵 汸 汸 汸 浐 游 游 游					
yóu swim 游	游	游	游	游	

丶 冫 氵 氵 汇 汀 汈 泳 泳					
yǒng swim 泳	泳	泳	泳	泳	

丶 冫 氵 氵 氵 沖 池					
chí pool 池	池	池	池	池	

丿	彡	彳	彳	彳	犭	犭	後	後	後

hòu back	後	後	後	後	後		

一	十	士	圭	声	声	声	声	声	膏	膏	膏	賣	賣

mài sell	賣	賣	賣	賣	賣		

丶	亠	宀	立	立	产	音	音	咅	部	部

xiǎo mài bù tuck shop	小	賣	部	小	賣	部	

丶	亠	广	广	庁	庁	厠	厠	厠	厠	厠

cè toilet	厠	厠	厠	厠	厠		

丿	厂	厅	厅	户	所	所	所

suǒ place	所	所	所	所	所		

12 Make a sentence with each word.

bú yào
1) 不要 :

qián miàn
2) 前面 :

_____

yóu yǒng chí
3) 游泳池 :

hòu miàn
4) 後面 :

_____

第五課 請把書打開

1 Trace the characters.

′ 亻 亇 白 白						
bái white　白	白	白	白	白		

′ 亻 亇 户 户 烏 烏 烏 烏 烏						
wū black; dark　烏	烏	烏	烏	烏		

2 Draw your school bag with things in it. Label each item in Chinese.

3 Write a sentence for each picture. You may write pinyin if you cannot write characters.

tā men zài gàn shén me
他們在幹什麼？

①

她在看書。

④

②

⑤

③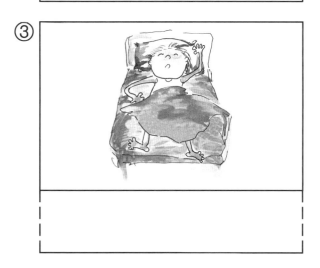

⑥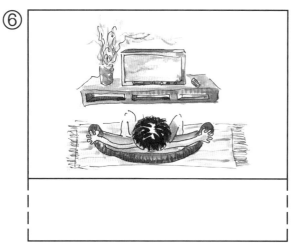

4 Write the radicals.

1) líng 零 xuě 雪 → 雨

2) dǎ 打 pāi 拍 →

3) shǐ 始 nǎi 奶 →

4) ān 安 jiā 家 →

5) rèn 認 shuō 説 →

6) tuǐ 腿 jiǎo 腳 →

7) lián 連 jìn 進 →

8) bìng 病 shòu 瘦 →

5 Fill in the blanks with the words in the box.

| shénme | ma | nǎr | jǐ | duō shao | zěn me | nǎ |
| 什麼 | 嗎 | 哪兒 | 幾 | 多少 | 怎麼 | 哪 |

nǐ měi tiān　　　shàng xué
1) 你每天 怎麼 上學？

nǐ jīn tiān chuān　　　yī fu
2) 你今天 穿＿＿＿衣服？

jīn tiān lěng
3) 今天冷＿＿＿？

wǒ de liáng xié zài
4) 我的涼鞋在＿＿＿？

jīn tiān qì wēn　　　dù
5) 今天氣温＿＿＿度？

nǐ men bān yǒu　　　ge xué shēng
6) 你們班有＿＿＿個學生？

nǐ shì　　　guó rén
7) 你是＿＿＿國人？

nǐ yǒu　　　ge péng you
8) 你有＿＿＿個朋友？

6 Write a caption for each picture. You may write pinyin.

①

請安靜！

②

③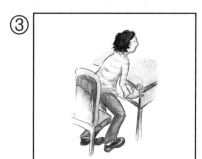

④

⑤

⑥

⑦

⑧

⑨

⑩

⑪

⑫

7 Write the answers in Chinese.

1) 1 x 2 = [ ]

2) 2 x 2 = [ ]

3) 2 x 3 = [ ]

4) 4 x 4 = [ ]

5) 3 x 4 = [ ]

6) 2 x 5 = [ ]

7) 4 x 5 = [ ]

8) 5 x 5 = [ ]

8 Draw a picture to illustrate each of the words.

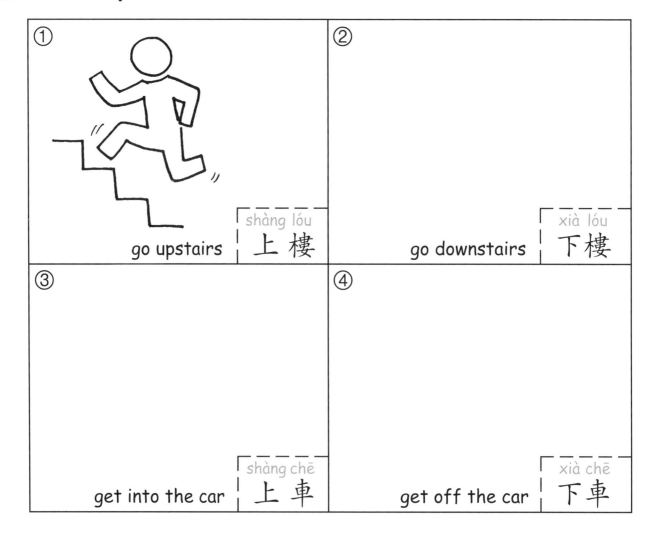

① go upstairs　shàng lóu 上樓

② go downstairs　xià lóu 下樓

③ get into the car　shàng chē 上車

④ get off the car　xià chē 下車

9 Writing practice.

	星期一	星期二	星期三	星期四	星期五
第一節	英語	漢語	數學	漢語	地理
第二節	數學	英語	電腦	電腦	數學
第三節	漢語	科學	音樂	歷史	英語
第四節	美術	歷史	英語	體育	科學
第五節	體育	地理	美術	英語	音樂

wǒ jiào jīn měi yīng　jīn nián jiǔ suì　shàng wǔ
我叫金美英，今年九歲，上五

nián jí　wǒ shì hán guó rén　wǒ huì shuō hán yǔ
年級。我是韓國人。我會說韓語、

yīng yǔ hé yì diǎnr　hàn yǔ　wǒ zài yì suǒ yīng guó
英語和一點兒漢語。我在一所英國
a little bit

xué xiào shàng xué　wǒ jīn nián yǒu shí mén kè　wǒ měi
學校上學。我今年有十門課。我每

tiān dōu yǒu wǔ jié kè　wǒ xǐ huan shàng yīng yǔ hé hàn
天都有五節課。我喜歡上英語和漢

yǔ kè　wǒ bù xǐ huan shàng měi shù kè
語課。我不喜歡上美術課。……

IT IS YOUR TURN! Draw your timetable and write a paragraph to describe it.

10 Make up her answers.

Situation:
She is taking care of four children.

① 你去……

② 你去……

③ 你去……

④ 你去……

❶ 我幹什麼？

❷ 我幹什麼？

❸ 我幹什麼？

❹ 我幹什麼？

11 Trace the characters.

`	`	`	宀	宀	安	安	
ān calm	安	安	安	安	安		

一	二	丰	主	青	青	青	青	青	青	靜	靜	靜	靜	靜
jìng quiet	靜	靜	靜	靜	靜									

一	十	扌	扌	打			
dǎ open	打	打	打	打	打		

丶 丷 宀 宀 宀 宀 宀 宀 宀 宀 寫 寫 寫 寫 寫

xiě	寫					
write						

丶 二 亠 宁 言 言 言 言 訂 認 認 認 認 認 認
一 十 广 市 市 首 直 直 真 真

rèn zhēn	認 真					
take seriously						

一 丁 丌 丌 月 月 月 耳 耳 耳 耵 聇 聇 聄 聄 聆 聸 聽 聽 聽 聽 聽

tīng	聽					
listen						

丿 人 亼 仒 合 合

hé	合					
close						

丶 亠 方 方 方 方 放 放

fàng	放					
put; place						

一 丆 亓 呵 呵 可 ㇄ ㇄ ㇄ 以 以

kě yǐ	可 以					
can; may						

丿 彳 彳 彳 彳 行 行

xíng	行					
OK						

dì liù kè　xué tiào wǔ
第六課 學跳舞

1 Trace the characters.

一	厂	厂	厂	馬	馬	馬 馬 馬 馬 馬				
mǎ horse	馬									
丶	亻	亻	白	白	自	鳥 鳥 鳥 鳥 鳥				
niǎo bird	鳥									

2 Write in Chinese.

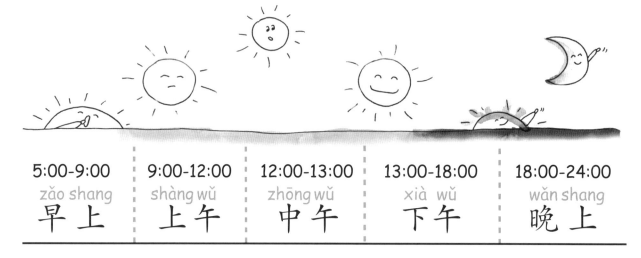

5:00-9:00 zǎo shang 早上	9:00-12:00 shàng wǔ 上午	12:00-13:00 zhōng wǔ 中午	13:00-18:00 xià wǔ 下午	18:00-24:00 wǎn shang 晚上

EXAMPLE:　14:20 →　　下午兩點二十分

1) 6:30 _____

2) 21:45 _____

3) 12:05 _____

4) 15:15 _____

3 **Draw pictures of the clothes you usually wear. Write a few sentences to describe them.**

bā yuè
八月   ①

我一般穿 _____
_____
_____

②   èr yuè
二月

_____
_____
_____

4 **Answer the questions.**

jīn tiān jǐ yuè jǐ hào
1) 今天幾月幾號？ _____

jīn tiān xīng qī jǐ
2) 今天星期幾？ _____

míng tiān jǐ yuè jǐ hào
3) 明天幾月幾號？ _____

5 **Circle the words and write the meaning of each word.**

① chàng 唱	gē 歌	huà 畫	huà 畫	ér 兒
lā 拉	xià 下	kàn 看	shū 書	zi 子
xiǎo 小	wǔ 午	tán 彈	diàn 電	shì 視
tí 提	gāng 鋼	bú 不	yòng 用	yǐng 影
qín 琴	qiān 鉛	bǐ 筆	tiào 跳	wǔ 舞

① _____sing_____   ⑥ _____

② _____   ⑦ _____

③ _____   ⑧ _____

④ _____   ⑨ _____

⑤ _____   ⑩ _____

6 **Find the mistakes and correct them.**

1) wǒ bú qù xué xiào míng tiān shàng wǔ
   我 不 去 學 校 明 天 上 午 。

2) mèi mei hěn gāo xìng jīn tiān
   妹 妹 很 高 興 今 天 。

3) shēn tǐ de xiǎo xuě rén kāi shǐ huà le
   身 體 的 小 雪 人 開 始 化 了 。

4) wǒ nǎi nai kàn diàn shì zài kè tīng li
   我 奶 奶 看 電 視 在 客 廳 裏 。

7 Write one sentence for each picture using the patterns given.

A. Patterns:

wǒ xǐ huan tī zú qiú
我喜歡踢足球。

wǒ zuì xǐ huan yǎng chǒng wù
我最喜歡養寵物。

wǒ bù xǐ huan yóu yǒng
我不喜歡游泳。

①

②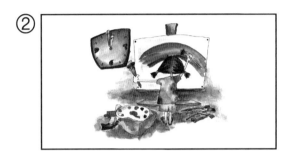

_____

B. Patterns:

wǒ huì qí zì xíng chē
我會騎自行車。

wǒ bú huì huá bīng
我不會滑冰。

①

②

_____

③

④

_____

8 Circle the odd ones.

1) 上午 (shàng wǔ)　中午 (zhōng wǔ)　(上學 shàng xué)

2) 晚飯 (wǎn fàn)　你好 (nǐ hǎo)　早飯 (zǎo fàn)

3) 下午 (xià wǔ)　唱歌 (chàng gē)　跳舞 (tiào wǔ)

4) 安靜 (ān jìng)　鉛筆 (qiān bǐ)　彩色筆 (cǎi sè bǐ)

5) 踢球 (tī qiú)　不用 (bú yòng)　畫畫兒 (huà huàr)

6) 火車 (huǒ chē)　電車 (diàn chē)　電燈 (diàn dēng)

7) 前面 (qián miàn)　麵條 (miàn tiáo)　後面 (hòu miàn)

8) 生日 (shēng rì)　游泳 (yóu yǒng)　騎馬 (qí mǎ)

9 Draw a picture to illustrate each action word.

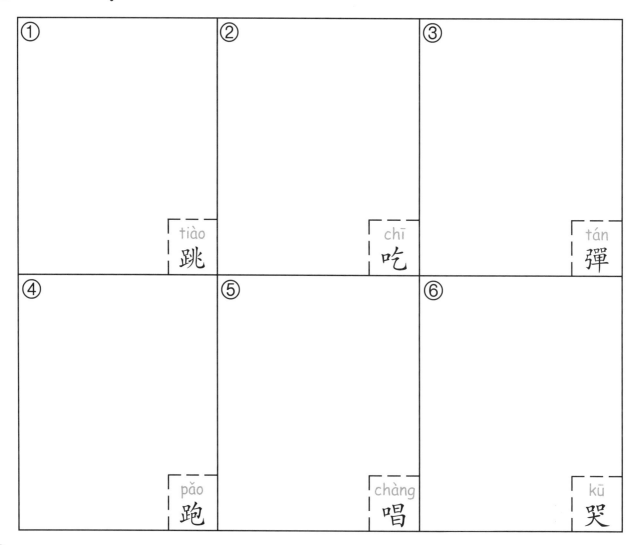

① tiào 跳
② chī 吃
③ tán 彈
④ pǎo 跑
⑤ chàng 唱
⑥ kū 哭

10 Write the characters.

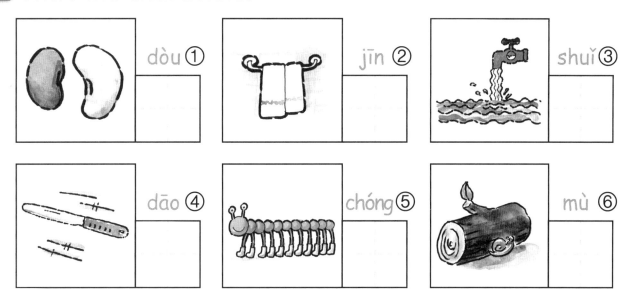

dòu ①

jīn ②

shuǐ③

dāo ④

chóng⑤

mù ⑥

11 Draw your daily routine and write a caption for each picture.

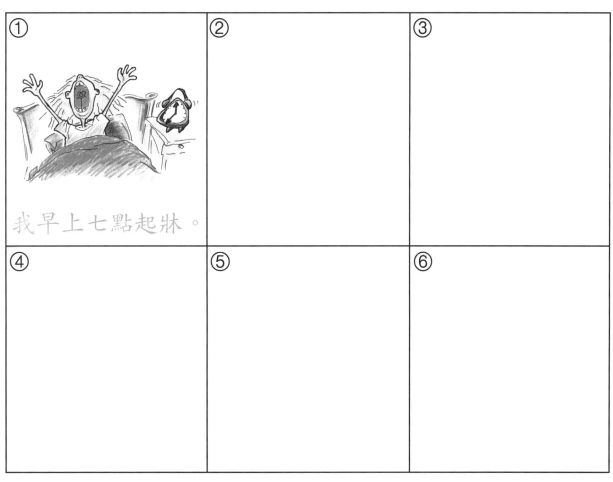

① 我早上七點起牀。

②

③

④

⑤

⑥

12 Complete the sentences in Chinese.

1) wǒ duì mā ma shuō
我對媽媽説："我要去朋友家玩兒。"

2) wǒ yì bān wǎn shang jiǔ diǎn
我一般晚上九點 _____

3) xīng qī tiān shàng wǔ wǒ men yì jiā rén
星期天上午我們一家人 _____

4) jīn tiān xià dà yǔ   guā dà fēng   nǐ bú yào
今天下大雨，颳大風，你不要 _____

5) jīn tiān hěn rè   nǐ bú yòng
今天很熱，你不用 _____

13 Add a character to make a word. You may write pinyin.

1) zǎo
早 上

2) xià
下 ___

3) gē
___ 歌

4) tiào
跳 ___

5) bú
不 ___

6) wài
外 ___

14 Trace the characters.

| ⼂ | ⼞ | ⼞ | 叩 | 叩 | 唱 | 唱 | 唱 | 唱 | 唱 | 唱 | |

| chàng sing | 唱 | 唱 | 唱 | 唱 | 唱 | | |

一 厂 厂 日 日 可 哥 哥 哥 哥 哥 哥 哥 歌 歌 歌

gē
歌
song

丿 ㇒ ㇒ ㇒ 午 午 毎 無 無 無 無 無 無 舞

wǔ
舞
dance

㇇ ㇕ ㇅ 彐 聿 聿 書 書 書 書 畫 畫

huà
畫
draw; paint

一 十 扌 扌 扩 扩 拉 拉

lā
拉
play (certain musical instruments)

一 十 扌 扌 护 护 护 揖 捏 捍 提 提

xiǎo tí qín
小 提 琴
violin

一 二 千 王 王 珏 珏 珏 珡 琴 琴 琴

xiǎo tí qín
小 提 琴
violin

丿 亻 亻 什 什 估 估 做 做 做 做

zuò
做
do

第七課　烏龜腿很短

1 Trace the characters.

´　厂　爪　爪						
zhuǎ claw	爪	爪	爪	爪	爪	

´　厂　爪　瓜　瓜						
guā melon	瓜	瓜	瓜	瓜	瓜	

2 Circle the words you know and write their meanings.

①

xī 西	nán 南
dōng 冬	guā 瓜

pumpkin

②

yǎn 眼	jìng 鏡
jing 睛	zi 子

③

zuó 昨	tiān 天
qì 氣	wēn 溫

④

dà 大	máo 毛
yī 衣	guì 櫃

3 **Read the phrases, draw pictures and colour them in.**

① méi wěi ba de yú
沒尾巴的魚

④ dà zuǐ māo
大嘴貓

② shī tóu rén shēn
獅頭人身

⑤ cháng jǐng hóu
長頸猴

③ duǎn ěr tù
短耳兔

⑥ shé shēn mǎ tóu
蛇身馬頭

45

4 Take away one stroke to make another character.

1) tiān 天 → 大   2) qù 去 → ☐   3) yòng 用 → ☐

4) zǐ 子 → ☐   5) běn 本 → ☐   6) yù 玉 → ☐

7) rì 日 → ☐   8) shǎo 少 → ☐   9) gōng 工 → ☐

5 Circle the words and write the meaning of each word.

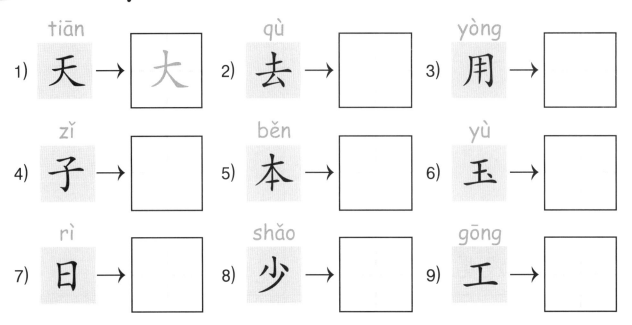

dòng 動	chǒng 寵	hóu 猴	zi 子	hé 河
① hǎo 好	wù 物	gōng 公	shuǐ 水	mǎ 馬
kàn 看	huā 花	yuán 園	cháng 長	dà 大
shū 書	bāo 包	wū 烏	jǐng 頸	xīng 猩
wèn 問	tí 題	guī 龜	lù 鹿	xing 猩
hēi 黑	xióng 熊	māo 貓	wěi 尾	ba 巴

① _pretty_   ⑦ _____

② _____   ⑧ _____

③ _____   ⑨ _____

④ _____   ⑩ _____

⑤ _____   ⑪ _____

⑥ _____   ⑫ _____

6 Answer the questions by drawing pictures.

① cháng jǐng lù xǐ huan chī shén me
長頸鹿喜歡吃什麼？

④ wū guī xǐ huan chī shén me
烏龜喜歡吃什麼？

② dà xīng xing xǐ huan chī shén me
大猩猩喜歡吃什麼？

⑤ hé mǎ xǐ huan chī shén me
河馬喜歡吃什麼？

③ xióng māo xǐ huan chī shén me
熊貓喜歡吃什麼？

⑥ dà xiàng xǐ huan chī shén me
大象喜歡吃什麼？

7 Write a few sentences about each animal.

①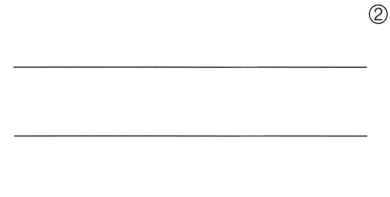

烏龜身上沒有毛。牠
的頭……

②

③

8 **Read the phrases, draw pictures and colour them in.**

①	②
liǎng tiáo tuǐ de dòng wù 兩條腿的動物	chī cǎo de dòng wù 吃草的動物
③	④
shēn shang méi yǒu máo de dòng wù 身上沒有毛的動物	chī ròu de dòng wù 吃肉的動物

9 **True or false.**

☒ 1) cháng jǐng lù de bó zi hěn duǎn
長頸鹿的脖子很短。

☐ 2) hé mǎ de tóu hěn xiǎo
河馬的頭很小。

☐ 3) dà xīng xing yǒu wěi ba
大猩猩有尾巴。

☐ 4) hé mǎ de ěr duo hěn dà
河馬的耳朵很大。

☐ 5) wū guī shēn shang yǒu máo
烏龜身上有毛。

☐ 6) xióng māo de yǎn jing shì hēi sè de
熊貓的眼睛是黑色的。

10 Write colour words for each animal.

1) dà xiàng
大象：____灰色____

5) xióng māo
熊貓：_____

2) lǎo hǔ
老虎：_____

6) shé
蛇：_____

3) cháng jǐng lù
長頸鹿：_____

7) dà xīng xing
大猩猩：_____

4) wū guī
烏龜：_____

8) hé mǎ
河馬：_____

11 Trace the characters.

丶丨冂曰旦早早昌是 是 是 足 题 题 题 题 题 题						
wèn tí question	問	題	問	題	問	題

´ ʅ ʅ 刍 刍 刍 色 色 龟 龟 龟 龟 龟 龟 龜 龜 龜				
guī tortoise	龜	龜	龜	龜

一 ʅ ʅ ʅ 巠 巠 巠 巠 巠 勁 頸 頸 頸 頸 頸 頸				
jǐng neck	頸	頸	頸	頸	頸

丶 一 广 庐 庐 庐 庐 庐 鹿 鹿 鹿				
lù deer	鹿	鹿	鹿	鹿	鹿

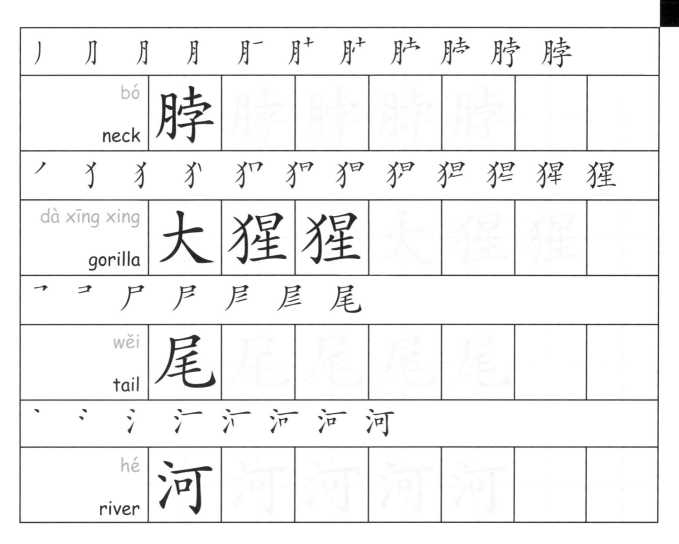

ノ 月 月 月 朊 朊 胪 胪 胪 肿 脖

bó
neck
脖

ノ 犭 犭 犭 犷 狎 狎 狎 猩 猩 猩 猩

dà xīng xing
gorilla
大 猩 猩

フ ア 尸 尸 尸 屋 尾

wěi
tail
尾

丶 丶 氵 氵 沪 沪 沪 河

hé
river
河

12 Rearrange the words to form a sentence.

1) <ruby>問<rt>wèn</rt></ruby> <ruby>弟弟<rt>dì di</rt></ruby> <ruby>問題<rt>wèn tí</rt></ruby> <ruby>喜歡<rt>xǐ huan</rt></ruby>。→ _____

2) <ruby>很<rt>hěn</rt></ruby> <ruby>短<rt>duǎn</rt></ruby> <ruby>烏龜<rt>wū guī</rt></ruby> <ruby>尾巴<rt>wěi ba</rt></ruby> <ruby>的<rt>de</rt></ruby>。→ _____

3) <ruby>脖子<rt>bó zi</rt></ruby> <ruby>有<rt>yǒu</rt></ruby> <ruby>長頸鹿<rt>cháng jǐng lù</rt></ruby> <ruby>長<rt>cháng</rt></ruby>。→ _____

4) <ruby>河馬<rt>hé mǎ</rt></ruby> <ruby>頭<rt>tóu</rt></ruby> <ruby>大<rt>dà</rt></ruby> <ruby>很<rt>hěn</rt></ruby> <ruby>的<rt>de</rt></ruby>。→ _____

第八課 小狗的周末

1 Trace the characters.

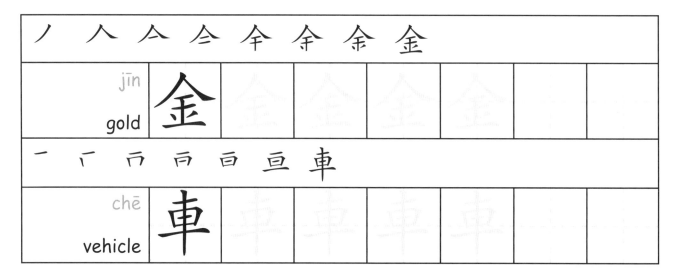

ノ 人	人	仝	仐	全	余	金 金

jīn
gold
金

| 一 | 厂 | 丌 | 百 | 百 | 亘 | 車 |

chē
vehicle
車

2 Add a radical to complete the character. Write the meaning of each character.

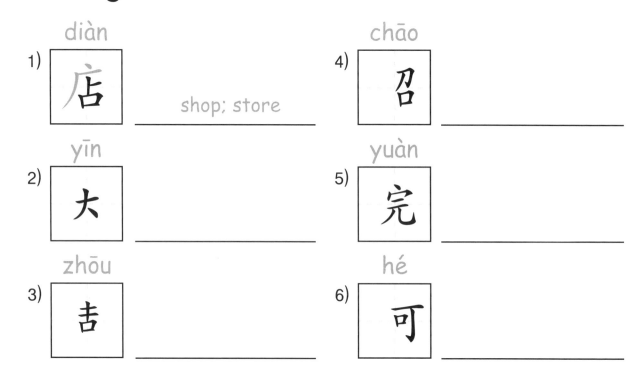

diàn
1) 店   shop; store

chāo
4) 召 _____

yīn
2) 大 _____

yuàn
5) 完 _____

zhōu
3) 吉 _____

hé
6) 可 _____

3 Connect the matching parts to make sentences. Write them down.

wáng tiān yī
王天一

mǎ dà lì
馬大力

huáng jiā wén
黃家文

guān tiān lè
關天樂

tián xiǎo yún
田小雲

zài diàn yǐng yuàn
在電影院

zài zú qiú chǎng
在足球場

zài fàn diàn
在飯店

zài chāo shì
在超市

zài kè tīng
在客廳

tī zú qiú
踢足球。

kàn diàn yǐng
看電影。

mǎi dōng xi
買東西。

kàn diàn shì
看電視。

chī fàn
吃飯。

1) 王天一在足球場踢足球。

2)

3)

4)

5)

4 **Draw your neighbourhood and label the places either in Chinese or in pinyin.**

[blank box for drawing]

Useful words:

fàn diàn	chāo shì	gōng yuán	xué xiào	yóu yǒng chí	tú shū guǎn
飯店	超市	公園	學校	游泳池	圖書館

shū diàn	yī yuàn	huā diàn	diàn yǐng yuàn	shuǐ guǒ diàn	wén jù diàn
書店	醫院	花店	電影院	水果店	文具店

5 Circle the words and write the meaning of each word.

yīn 因	wèi 為	shén 什	me 麼	kàn 看
zhōu 周	kě 可	wèn 問	tí 題	diàn 電
mò 末	yǐ 以	xī 西	guā 瓜	yǐng 影
nián 年	jí 級	chāo 超	yī 醫	yuàn 院
hǎo 好	kàn 看	shì 市	xué 學	shēng 生

① because ⑦ _____
② _____ ⑧ _____
③ _____ ⑨ _____
④ _____ ⑩ _____
⑤ _____ ⑪ _____
⑥ _____ ⑫ _____

6 Complete the sentences. You may write pinyin.

1) zài shuǐ guǒ diàn nǐ kě yǐ mǎi dào
在水果店，你可以買到_____蘋果、草莓、梨等等。

2) zài chǒng wù diàn nǐ kě yǐ kàn dào
在寵物店，你可以看到_____

3) zài kuài cān diàn nǐ kě yǐ chī dào
在快餐店，你可以吃到_____

4) zài wén jù diàn nǐ kě yǐ mǎi dào
在文具店，你可以買到_____

7 Add a character to make a word. You may write pinyin.

1) 周_{zhōu} 末 ___ 2) 電_{diàn} ___ 3) 超_{chāo} ___ 4) 飯_{fàn} ___

5) 因_{yīn} ___ 6) 東_{dōng} ___ 7) 河_{hé} ___ 8) 好_{hǎo} ___

8 Circle the words you know and write their meanings.

①
文 wén	工 gōng
家 jiā	具 jù

furniture

②
醫 yī	學 xué
生 shēng	院 yuàn

③
英 yīng	中 zhōng
國 guó	語 yǔ

④
吃 chī	書 shū
飯 fàn	店 diàn

⑤
夏 xià	冬 dōng
秋 qiū	天 tiān

9 Write the characters.

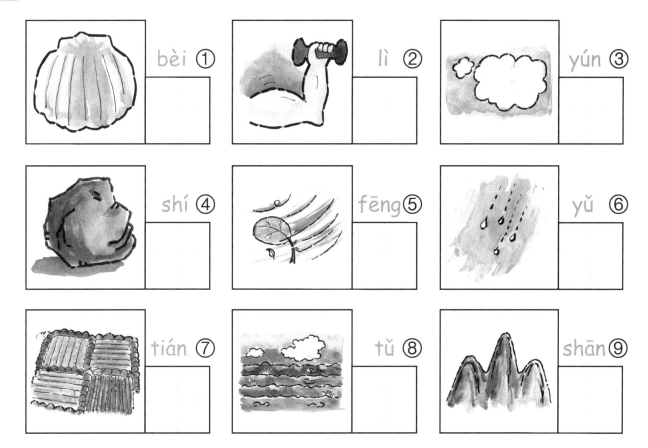

bèi ①   lì ②   yún ③

shí ④   fēng ⑤   yǔ ⑥

tián ⑦   tǔ ⑧   shān ⑨

10 Writting practice.

xīng qī liù wǒ men yì jiā rén cháng cháng
星 期 六 我 們 一 家 人 常 常

qù gōng yuán　wǎn shang wǒ men yì bān qù yì
去 公 園 。 晚 上 我 們 一 般 去 一

jiā shàng hǎi fàn diàn chī fàn　xīng qī tiān zǎo
家 上 海 飯 店 吃 飯 。 星 期 天 早

shang wǒ men qù jiào táng　xià wǔ
上 我 們 去 教 堂 ， 下 午 ……
church

IT IS YOUR TURN!   Write a short paragraph about how you spend your weekends.

11 Choose the answers from the box.

C 1) 弟弟為什麼沒有吃飯？
dì di wèi shén me méi yǒu chī fàn

2) 姐姐為什麼沒去上學？
jiě jie wèi shén me méi qù shàng xué

3) 哥哥為什麼沒去游泳？
gē ge wèi shén me méi qù yóu yǒng

4) 妹妹為什麼不做作業？
mèi mei wèi shén me bú zuò zuò yè

5) 你為什麼不穿大衣？
nǐ wèi shén me bù chuān dà yī

a) 因為今天有大雪。
yīn wèi jīn tiān yǒu dà xuě

b) 因為她沒有作業。
yīn wèi tā méi yǒu zuò yè

c) 因為他不想吃。
yīn wèi tā bù xiǎng chī

d) 因為今天不冷。
yīn wèi jīn tiān bù lěng

e) 因為他感冒了。
yīn wèi tā gǎn mào le

12 Trace the characters.

` ノ ゾ 尹 尹 为 為 為 為 為

wèi shén me why	為什麼	為什麼

) 刀 月 月 用 周 周 周

zhōu week	周	周 周 周 周

一 二 𡗗 末 末

| mò
end | 末 | | | | | |

丨 冂 冂 冈 冈 因

| yīn wèi
because | 因為 | | | | |

乛 阝 阝 阝 阝 阹 阹 阹 院

| yuàn
a public place | 院 | | | | |

一 十 土 𤣩 𤣩 走 走 起 起 超 超

| chāo
super | 超 | | | | |

丶 亠 广 市 市

| shì
market | 市 | | | | |

丶 罒 罒 罒 罒 罒 罒 買 買 買

| mǎi
buy | 買 | | | | |

丶 亠 广 广 庐 庐 店 店

| diàn
shop; store | 店 | | | | |

1 Trace the characters.

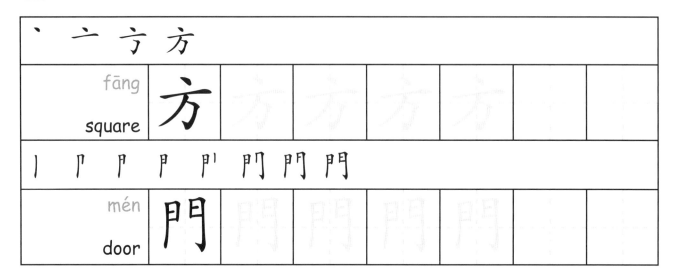

2 Write the radicals.

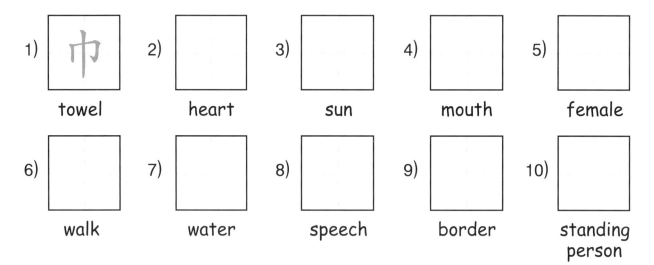

1) 巾   towel

2) heart

3) sun

4) mouth

5) female

6) walk

7) water

8) speech

9) border

10) standing person

3 Write your telephone number in Chinese.

---

4 Read the words, draw pictures and colour them in.

① dì tiě zhàn
地鐵站

④ fēi jī chǎng
飛機場

② yóu lè yuán
遊樂園

⑤ wán jù diàn
玩具店

③ shū diàn
書店

⑥ huā diàn
花店

5 Complete the sentences. You may write pinyin.

zài biàn lì diàn　　nǐ kě yǐ mǎi dào
1) 在便利店，你可以買到 _____

zài fēi jī chǎng　　nǐ kě yǐ kàn dào
2) 在飛機場，你可以看到 _____

zài wán jù diàn　　nǐ kě yǐ mǎi dào
3) 在玩具店，你可以買到 _____

zài fú zhuāng diàn　　nǐ kě yǐ mǎi dào
4) 在服裝店，你可以買到 _____

6 Write the characters.

 hé ①

 zhú ②

 lì ③

 wáng ④

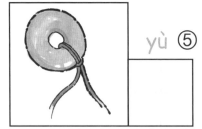 yù ⑤

 dīng ⑥

 bù ⑦

 qì ⑧

 fēi ⑨

7 Circle the words and write the meaning of each word.

ér 兒	tóng 童	qì 汽	fāng 方	fēi 飛
fú 服	zhuāng 裝	chē 車	biàn 便	jī 機
huǒ 火	chē 車	zhàn 站	cāo 操	chǎng 場
shū 書	fàn 飯	yī 醫	yuàn 院	fù 附
huā 花	diàn 店	xué 學	shēng 生	jìn 近

① children   ⑦ _____

② _____   ⑧ _____

③ _____   ⑨ _____

④ _____   ⑩ _____

⑤ _____   ⑪ _____

⑥ _____   ⑫ _____

8 Find the opposite words and write them down.

jìn 近	mài 賣	rè 熱	xiào 笑	dà 大	shòu 瘦	cháng 長	gāo 高	shǎo 少

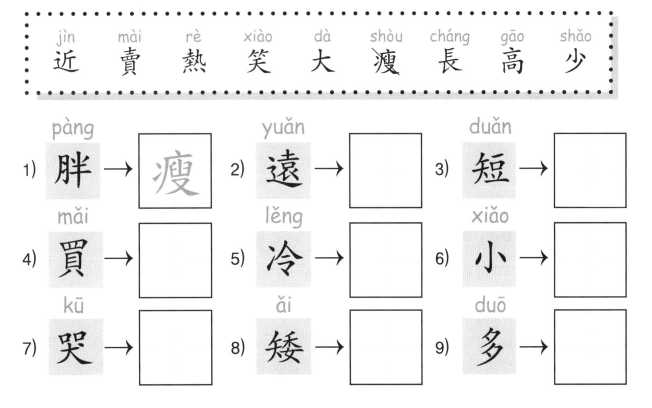

1) pàng 胖 → 瘦

2) yuǎn 遠 →

3) duǎn 短 →

4) mǎi 買 →

5) lěng 冷 →

6) xiǎo 小 →

7) kū 哭 →

8) ǎi 矮 →

9) duō 多 →

9 **Translate the places into English. Colour in the pictures.**

❶ 水果店

❷ 寵物店

❸ 金鐘電影院

❹ 游泳池

❺ 遊樂園

❻ 汽車站

❼ 超市 CMEMART

① fruit store _____

② _____

③ _____

④ _____

⑤ _____

⑥ _____

IT IS YOUR TURN! Design a space city. Draw a picture and colour it in.

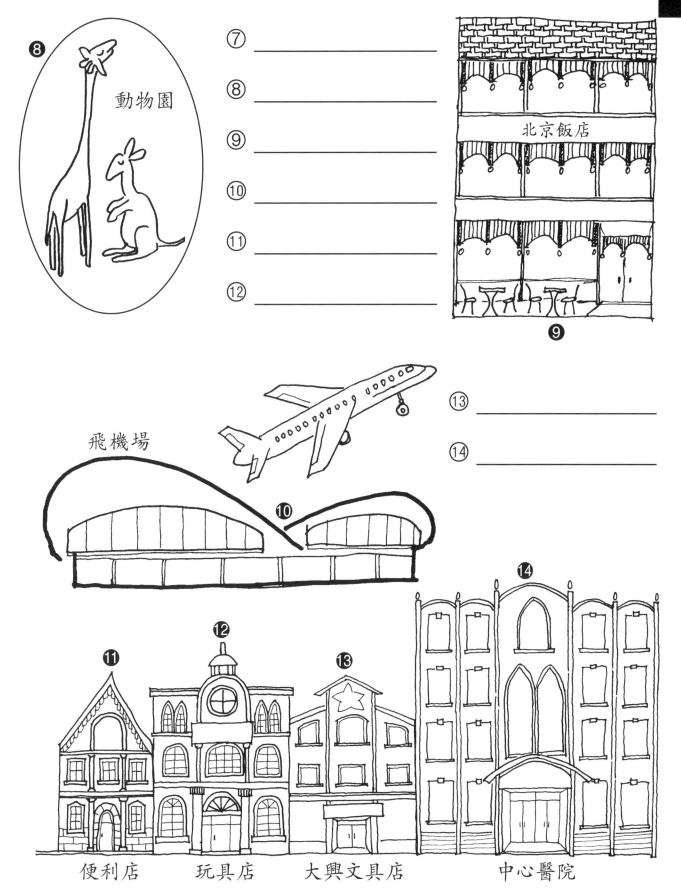

⑧ 動物園

⑦ _____

⑧ _____

⑨ _____

⑩ _____

⑪ _____

⑫ _____

北京飯店

⑨

⑬ _____

⑭ _____

飛機場

⑩

⑪ 便利店　⑫ 玩具店　⑬ 大興文具店　⑭ 中心醫院

10 Answer the questions.

1) nǐ jiā fù jìn yǒu dì tiě zhàn ma
你家附近有地鐵站嗎？

2) nǐ jiā fù jìn yǒu biàn lì diàn ma
你家附近有便利店嗎？

3) huǒ chē zhàn lí nǐ jiā yuǎn ma
火車站離你家遠嗎？

4) yóu lè yuán lí nǐ jiā yuǎn ma
遊樂園離你家遠嗎？

5) nǐ cháng cháng qù diàn yǐng yuàn kàn diàn yǐng ma
你常常去電影院看電影嗎？

6) nǐ cháng cháng qù chāo shì mǎi dōng xi ma
你常常去超市買東西嗎？

11 Write the characters.

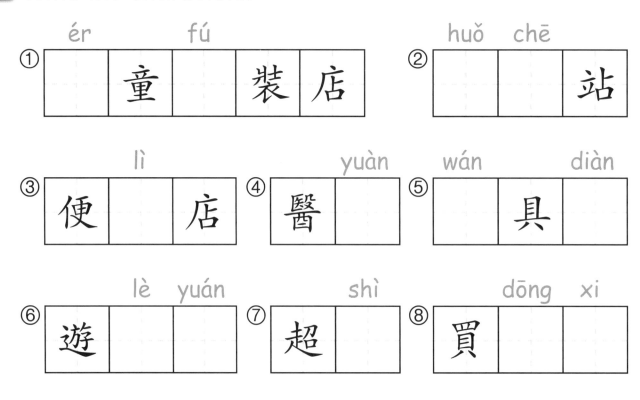

① ér　　fú
　童　裝店

② huǒ chē
　　　站

③ lì
便　店

④ yuàn
醫

⑤ wán　diàn
　具

⑥ lè yuán
遊

⑦ shì
超

⑧ dōng xi
買

12 Fill in the blanks with the words in the box.

dōu	yě	hěn	tài
都	也	很	太

1) 我___很___喜歡學漢語。
   （wǒ　xǐ huan xué hàn yǔ）

2) 我爸爸、媽媽_____工作。
   （wǒ bà ba　mā ma　gōng zuò）

3) 王方是中國人，我_____是中國人。
   （wáng fāng shì zhōng guó rén　wǒ　shì zhōng guó rén）

4) 我_____喜歡美國。我每年都去美國。
   （wǒ　xǐ huan měi guó　wǒ měi nián dōu qù měi guó）

5) 我喜歡吃中餐，我不_____喜歡吃西餐。
   （wǒ xǐ huan chī zhōng cān　wǒ bú　xǐ huan chī xī cān）

13 Write the common part.

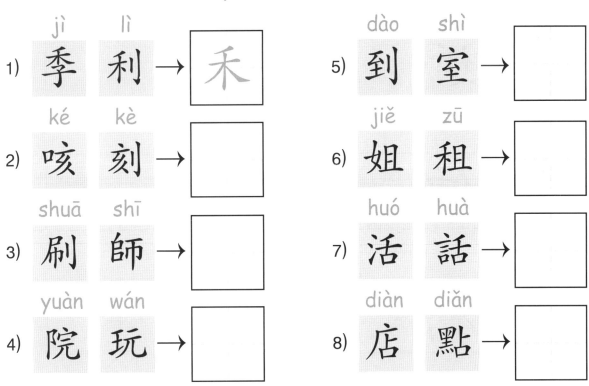

1) 季 (jì) 利 (lì) → 禾

2) 咳 (ké) 刻 (kè) →

3) 刷 (shuā) 師 (shī) →

4) 院 (yuàn) 玩 (wán) →

5) 到 (dào) 室 (shì) →

6) 姐 (jiě) 租 (zū) →

7) 活 (huó) 話 (huà) →

8) 店 (diàn) 點 (diǎn) →

14 Complete the sentences in Chinese.

wǒ zuì xǐ huan
1) 我最喜歡 _____

wǒ bú tài xǐ huan
2) 我不太喜歡 _____

wǒ zuì bù xǐ huan
3) 我最不喜歡 _____

15 Trace the characters.

ˊ	ˊ	⻖	⻖	阝	阝	附	附		
fù nearby	附	附	附	附	附				
ˊ	厂	斤	斤	沂	近	近	近		
jìn near	近	近	近	近	近				
ノ	亻	仁	仴	仴	佢	佢	便	便	
biàn handy	便	使	使	使	使				
ˊ	二	千	禾	禾	利	利			
lì convenient	利	利	利	利	利				

`	ㄶ	ㄶ	立	立	刦	刾	站	站	站		
zhàn station	站										

`	ㄶ	ㄶ	立	产	音	音	音	音	童	童	
tóng child	童										

`	ㄐ	ㄐ	ㄐ	壮	壮	壯	壯	芽	裝	裝	裝
zhuāng clothes	裝										

`	ㄶ	ㄊ	文	这	卤	卤	离	离	离	离	離 離 離 離 離 離 離
lí away (from)	離										

一	十	土	圭	吉	吉	声	袁	袁	袁	遠 遠 遠 遠
yuǎn far	遠									

16 Writing practice.

我家附近有……

_____

_____

_____

IT IS YOUR TURN!　Write a few sentences about your neighbourhood.

1 Trace the characters.

´	⺁	⺁	臼	臼	臼	臼	兒

| ér
child | 兒 | 兒 | 兒 | 兒 | 兒 | | |

フ	又	叉

| chā
fork | 叉 | 叉 | 叉 | 叉 | 叉 | | |

2 Write the radicals.

1)   fire

2)   father

3)   seedling

4)   grass

5)   scholar

6)   owe

7)   page

8)   sun

9)   stretching person

10)   roof with chimney

3 Write your birthday.

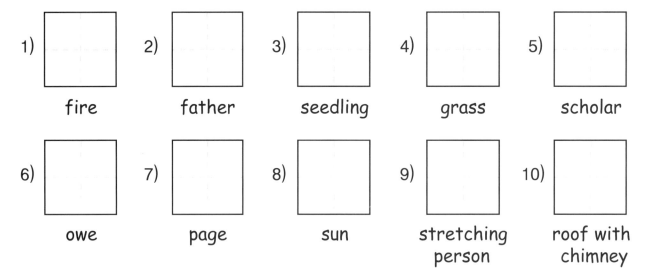

_____ 年 nián _____ 月 yuè _____ 日 rì

70

4 **Answer the questions by drawing pictures.**

①

dài fu chuān shén me yī fu
大夫穿 什麼衣服?

②

fàn diàn fú wù yuán chuān shén me yī fu
飯店服務員 穿 什麼衣服?

③

chú shī chuān shén me yī fu
廚師 穿 什麼衣服?

④

bìng rén zài yī yuàn li chuān shén me yī fu
病人在醫院裏穿 什麼衣服?
patient

5 Connect the matching parts.

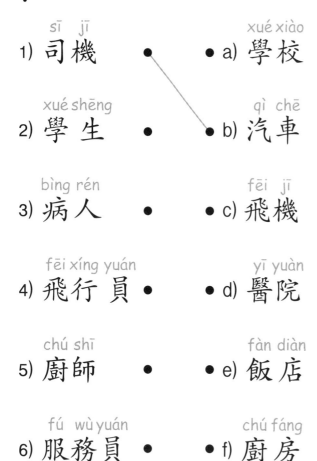

sī jī
1) 司機

xué xiào
a) 學校

xué shēng
2) 學生

qì chē
b) 汽車

bìng rén
3) 病人

fēi jī
c) 飛機

fēi xíng yuán
4) 飛行員

yī yuàn
d) 醫院

chú shī
5) 廚師

fàn diàn
e) 飯店

fú wù yuán
6) 服務員

chú fáng
f) 廚房

6 Write the radical and count the strokes of each character.

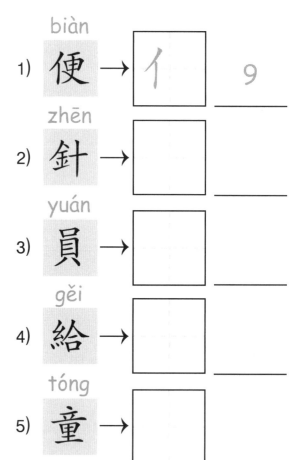

biàn
1) 便 → 亻   9

zhēn
2) 針 →

yuán
3) 員 →

gěi
4) 給 →

tóng
5) 童 →

7 Answer the question by drawing a picture and colour it in.

nǐ zhǎng dà hòu xiǎng
你長大後想

zuò shén me
做什麼？

8 **Draw one thing to fit into each of the shapes.**

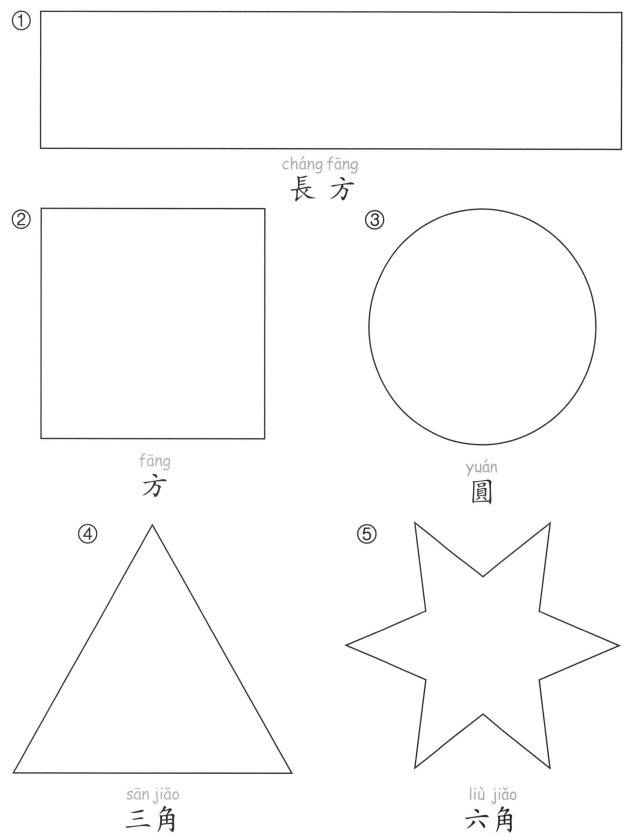

① cháng fāng
長 方

② fāng
方

③ yuán
圓

④ sān jiǎo
三 角

⑤ liù jiǎo
六 角

9 **Write the characters.**

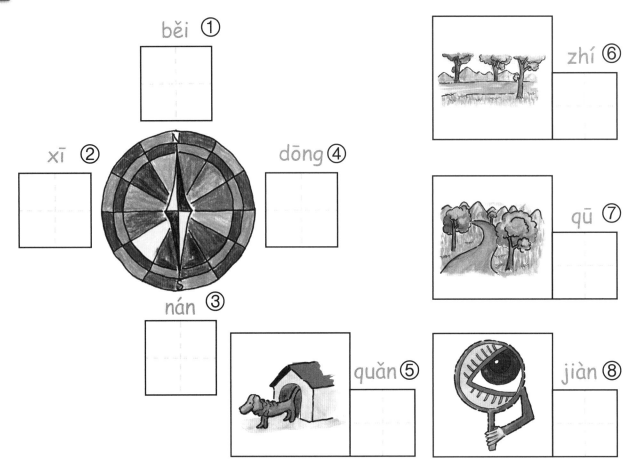

běi ①

xī ②

nán ③

dōng ④

quǎn ⑤

zhí ⑥

qū ⑦

jiàn ⑧

10 **Fill in the blanks with the words in the box.**

zǒng shì	cháng cháng	yì bān	měi tiān
總是	常常	一般	每天

mā ma
1) 媽媽＿＿＿＿(always) 去超市買水果。
qù chāo shì mǎi shuǐ guǒ

jiě jie
2) 姐姐＿＿＿＿(every day) 都七點半上學。
dōu qī diǎn bàn shàng xué

dì di
3) 弟弟＿＿＿＿(often) 去公園玩。
qù gōng yuán wán

wǒ
4) 我＿＿＿＿(normally) 去便利店買糖。
qù biàn lì diàn mǎi táng

74

11 Colour in the picture and write a few sentences about it.

電影院
文具店
糕餅店
飯店
菜市場
服裝店
醫院
游泳池
公園
遊樂園
玩具店
地鐵站
車站
石路
天水路
水山路
中路
加路
河道
木道

天水路上有醫院、……

_____

_____

_____

12 Complete the phrases with the words in the box.

1) 開 <u>汽車</u> (kāi)

6) 買 _____ (mǎi)

2) 騎 _____ (qí)

7) 畫 _____ (huà)

3) 吃 _____ (chī)

8) 坐 _____ (zuò)

4) 喝 _____ (hē)

9) 穿 _____ (chuān)

5) 做 _____ (zuò)

10) 戴 _____ (dài)

湯 (tāng)	飛機 (fēi jī)
汽車 (qì chē)	菜 (cài)
畫兒 (huàr)	毛衣 (máo yī)
藥 (yào)	圍巾 (wéi jīn)
馬 (mǎ)	作業 (zuò yè)

13 Circle the words and write the meaning of each word.

① 大 (dà)	中 (zhōng)	西 (xī)	護 (hù)	士 (shi)
學 (xué)	生 (shēng)	藥 (yào)	牙 (yá)	醫 (yī)
校 (xiào)	西 (xī)	裝 (zhuāng)	生 (shēng)	院 (yuàn)
服 (fú)	務 (wù)	員 (yuán)	打 (dǎ)	針 (zhēn)
喜 (xǐ)	歡 (huan)	長 (zhǎng)	大 (dà)	球 (qiú)

① university

⑥ _____

② _____

⑦ _____

③ _____

⑧ _____

④ _____

⑨ _____

⑤ _____

⑩ _____

14 Writing practice.

① 我爸爸是牙醫。他
每天早上九點上班，
晚上七點下班。他每天
都給很多病人看病。他
是個好醫生。

② 我媽媽是英語老
師。她在一所法國學校
教書。她會說英語、
法語和一點兒漢語。她
是個好媽媽。

③ 我有一個妹妹。她
今年上一年級。我們在
同一個學校上學。她
在學校學漢語。她長大
以後想當護士。

④ 我有一個弟弟。
他只有兩歲。他的臉
圓圓的。他有十四顆
牙。他常常哭。我不
喜歡他。

IT IS YOUR TURN! Write a few sentences about your family members.

_____

_____

_____

15 Connect every two characters next to each other to make words. Write the meaning of each word.

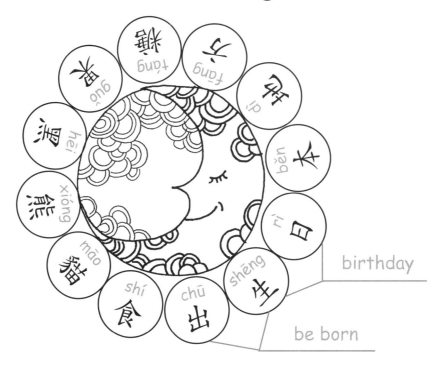

birthday

be born

16 Trace the characters.

	一 二							
dài fu doctor	大	夫						
	ㄥ ㄥ ㄥ ㄥ ㄥ ㄥ ㄠ 糸 紀 約 納 納 総 総 総 總 總							
zǒng always	總							
	ㄥ ㄥ ㄥ ㄠ ㄠ ㄠ ㄠ 糸 糸 給 給 給							
gěi give; for	給							

78

一 十 十 艹 艹 艹 苭 苭 苩 苩 茘 葯 葯 葯 蔡 蓅 藥 藥

| yào medicine | 藥 | 藥 | 藥 | 藥 | 藥 | |

丶 亠 宀 言 言 言 訂 訐 訐 訐 訐 護 護 護 護 護 護 一 十 士

| hù shi nurse | 護 士 | 護 士 | 護 士 | |

丿 亻 仁 仨 牟 余 金 金 釒 針

| zhēn injection | 針 | 針 | 針 | 針 | |

丁 刁 司 司 司

| sī jī driver | 司 機 | 司 機 | 司 機 | |

フ マ ヌ 予 矛 矛 矜 矜 敄 務 務

| fú wù service | 服 務 | 服 務 | 服 務 | |

丶 𠆢 口 尸 貝 貝 肙 貟 員 員

| yuán person engaged in a certain field of activity | 員 | 員 | 員 | 員 | |

| fú wù yuán attendant | 服 務 員 | 服 務 員 | |

1 Trace the characters.

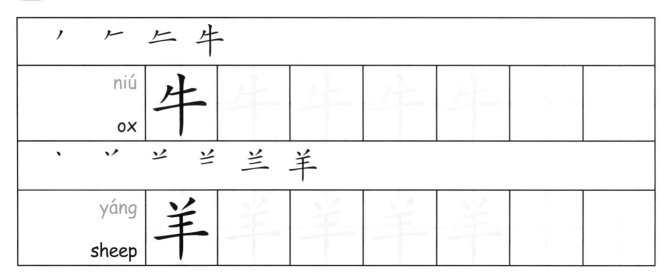

| | niú
ox | 牛 | | | | | | |

Strokes: ノ ⺊ ⺊ 牛

| | yáng
sheep | 羊 | | | | | | |

Strokes: 丶 丷 ⺍ 丷 兰 羊

2 Write the radicals.

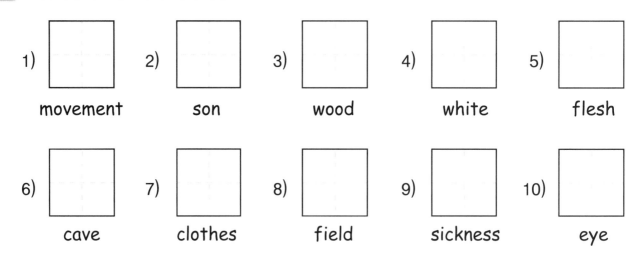

1) [ ] movement

2) [ ] son

3) [ ] wood

4) [ ] white

5) [ ] flesh

6) [ ] cave

7) [ ] clothes

8) [ ] field

9) [ ] sickness

10) [ ] eye

3 Write the numbers in Chinese .

1) 154 _____

2) 7298 _____

4 **Read the words, draw pictures and colour them in.**

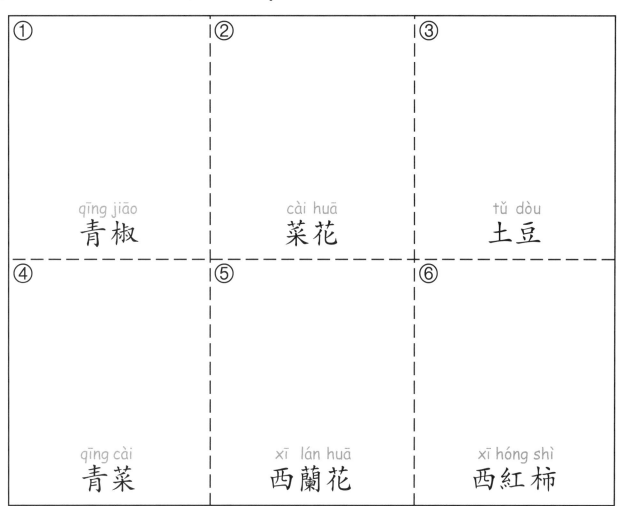

| ① qīng jiāo 青椒 | ② cài huā 菜花 | ③ tǔ dòu 土豆 |
| ④ qīng cài 青菜 | ⑤ xī lán huā 西蘭花 | ⑥ xī hóng shì 西紅柿 |

5 **Make three complete characters from each group.**

① 立 占 丬 木   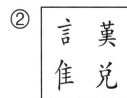 站 _____

② 言 莫 隹 兌 _____

③ 艹 斤 辶 化 _____

④ 𤴓 艮 包 亻 _____

6 Write the meaning of each part.

① jiāo
椒
   木   叔

___wood___   ___uncle___

② qiū
秋
   禾   火

_____   _____

③ gē
歌
   哥   欠

_____   _____

④ tí
題
   是   頁

_____   _____

7 Circle the words and write the meaning of each word.

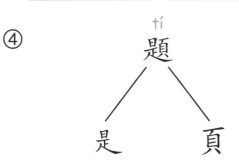

qīng 青	① xī 西	hóng 紅	shì 柿	mó 蘑
là 辣	jiāo 椒	gōng 公	zi 子	gu 菇
qín 芹	zuò 做	yuán 園	nán 難	chī 吃
cài 菜	huā 花	shuō 説	tīng 聽	kàn 看

① ___tomato___   ⑥ _____

② _____   ⑦ _____

③ _____   ⑧ _____

④ _____   ⑨ _____

⑤ _____   ⑩ _____

8 Colour in the pictures.

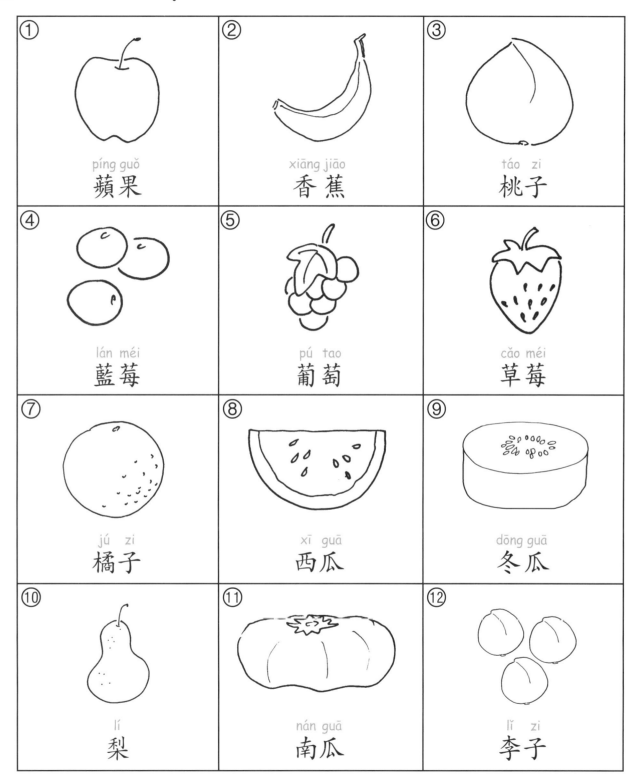

① píng guǒ
蘋果

② xiāng jiāo
香蕉

③ táo zi
桃子

④ lán méi
藍莓

⑤ pú tao
葡萄

⑥ cǎo méi
草莓

⑦ jú zi
橘子

⑧ xī guā
西瓜

⑨ dōng guā
冬瓜

⑩ lí
梨

⑪ nán guā
南瓜

⑫ lǐ zi
李子

9 Write the characters.

zǒu ①

zì ② jǐ

③ fù mǔ ④

⑤ zuǒ yòu ⑥

chū ⑦

rù ⑧

zǐ ⑨

nǚ ⑩

10 Write the common part.

1) jìn 近 qín 芹 → 斤

2) wù 務 dōng 冬 →

3) duǎn 短 chéng 橙 →

4) fàng 放 fáng 房 →

5) jiù 舅 dài 戴 →

6) yuán 園 yuán 圓 →

11 Connect every two characters next to each other to make words. Write the meaning of each word.

population

12 Complete the words with the characters in the box.

shì	wài	fàn	chī	xīn	kàn
是	外	飯	吃	心	看
chē	miàn	dà	tóng	zhēn	mén
車	面	大	童	針	門

zuò   kāi   lǐ   zǒng

1) 做 飯   2) 開 ___   3) 裏 ___   4) 總 ___

nán   dǎ   zhǎng   ér

5) 難 ___   6) 打 ___   7) 長 ___   8) 兒 ___

13 Read the sentences, draw pictures and colour them in.

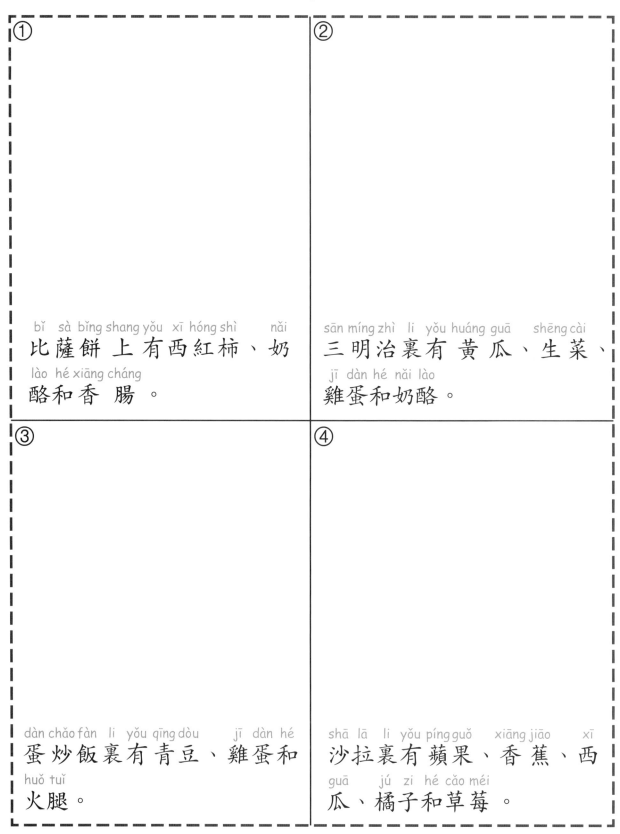

①
bǐ sà bǐng shang yǒu xī hóng shì nǎi
比薩餅上有西紅柿、奶
lào hé xiāng cháng
酪和香腸。

②
sān míng zhì li yǒu huáng guā shēng cài
三明治裏有黃瓜、生菜、
jī dàn hé nǎi lào
雞蛋和奶酪。

③
dàn chǎo fàn li yǒu qīng dòu jī dàn hé
蛋炒飯裏有青豆、雞蛋和
huǒ tuǐ
火腿。

④
shā lā li yǒu píng guǒ xiāng jiāo xī
沙拉裏有蘋果、香蕉、西
guā jú zi hé cǎo méi
瓜、橘子和草莓。

86

14 Write the Chinese.

西蘭花

15 Make a sentence with the words given.

1) xǐ huan 喜歡　píng guǒ 蘋果　　我喜歡吃蘋果。

2) huì 會　zuò fàn 做飯

3) qiǎo kè lì 巧克力　chī 吃

4) chī 吃　tǔ dòu 土豆

16 **Create a new vegetable. Draw a picture and colour it in.**

①

xī lán huā   hú luó bo
西蘭花＋胡蘿蔔

②

qīng cài   cài huā
青菜＋菜花

17 **Trace the characters.**

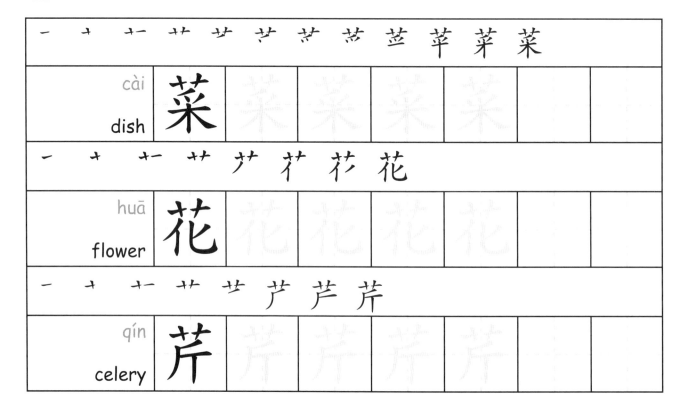

一	十	艹	艹	艹	艹	艹	苎	莁	苹	莘	菜

cài dish	菜						

一	十	艹	艹	艹	芢	花	花

huā flower	花						

一	十	艹	艹	芋	芹	芹	芹

qín celery	芹						

一 十 十 艹 艾 艾 芦 芦 芦 芦 莀 莀 莀 莀 蘑 蘑 蘑 蘑 蘑

| mó gu
mushroom | 蘑菇 | 蘑 | 菇 | 蘑 | 菇 | |

一 十 艹 艹 艾 艾 莎 莎 莕 菇 菇

| mó gu
mushroom | 蘑菇 | 蘑 | 菇 | 蘑 | 菇 | |

一 十 才 木 杧 杧 杮 杮 柿

| shì
persimmon | 柿 | 柿 | 柿 | 柿 | 柿 | |

一 二 丰 主 圭 青 青 青

| qīng
green | 青 | 青 | 青 | 青 | 青 | |

丶 亠 亠 立 立 辛 辛 辛 辢 辢 辢 辣 辣

| là
hot; spicy | 辣 | 辣 | 辣 | 辣 | | |

一 十 才 木 杧 朴 朴 村 村 材 梸 椒

| jiāo
any of hot
spice plants | 椒 | 椒 | 椒 | 椒 | 椒 | |

一 十 廿 廿 甘 甘 苩 苩 茣 茣 茣 茣 茣 茣 莫 莫 難 難 難

| nán
unpleasant;
not good | 難 | 難 | 難 | 難 | 難 | |

1 Trace the characters.

丶	丷	丷	半	米	米		
mǐ rice	米	米	米	米	米		
丿	冂	冂	内	肉	肉		
ròu meat	肉	肉	肉	肉	肉		

2 Write the radicals.

1) ☐ ear

2) ☐ strength

3) ☐ two people

4) ☐ cow

5) ☐ animal

6) ☐ mother

7) ☐ feeling

8) ☐ rain

9) ☐ rice

10) ☐ metal

3 Answer the question in Chinese or in pinyin.

nǐ jiā zhù zài nǎr

你家住在哪兒? _____

4 Read the words, draw pictures and colour them in.

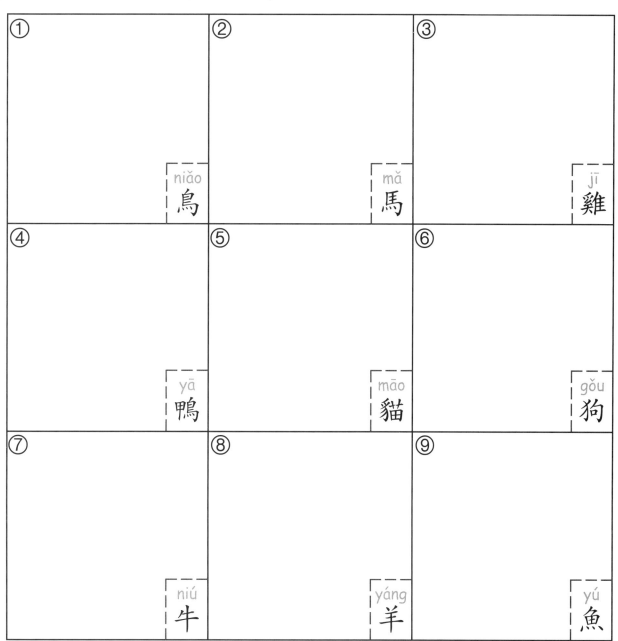

①	②	③
niǎo 鳥	mǎ 馬	jī 雞
④	⑤	⑥
yā 鴨	māo 貓	gǒu 狗
⑦	⑧	⑨
niú 牛	yáng 羊	yú 魚

5 Write down your favourite food in Chinese or in pinyin.

_____

_____

6 Categorize the words.

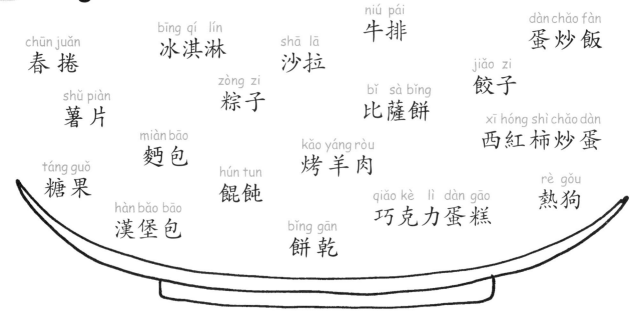

chūn juǎn
春捲

bīng qí lín
冰淇淋

shā lā
沙拉

niú pái
牛排

dàn chǎo fàn
蛋炒飯

zòng zi
粽子

bǐ sà bǐng
比薩餅

jiǎo zi
餃子

shǔ piàn
薯片

miàn bāo
麵包

kǎo yáng ròu
烤羊肉

xī hóng shì chǎo dàn
西紅柿炒蛋

táng guǒ
糖果

hún tun
餛飩

rè gǒu
熱狗

hàn bǎo bāo
漢堡包

qiǎo kè lì dàn gāo
巧克力蛋糕

bǐng gān
餅乾

zhōng cān 1) 中餐	xī cān 2) 西餐	kuài cān 3) 快餐	gāo diǎn 4) 糕點	líng shí 5) 零食

7 **Write the characters.**

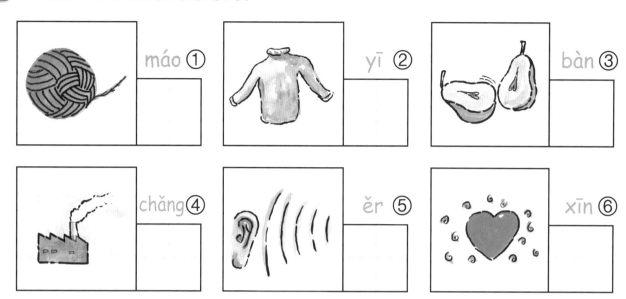

máo ①

yī ②

bàn ③

chǎng④

ěr ⑤

xīn ⑥

8 **Write the meaning of each sentence.**

gē ge hěn xǐ huan tī zú qiú hé huá bīng
1) 哥哥很喜歡踢足球和滑冰。

qīng jiāochǎo niú ròu hěn hǎo chī
2) 青椒炒牛肉很好吃。

mèi mei yǒu hěn duō wán jù xióng   yǒu de hěn dà   yǒu de hěn xiǎo
3) 妹妹有很多玩具熊，有的很大，有的很小。

shàngge xīng qī liù wǒ men yì jiā rén qù le dòng wù yuán
4) 上個星期六我們一家人去了動物園。

9 Circle the words and write the meaning of each word.

shāo 燒	mài 賣	hún 餛	tun 飩	jiǎo 餃
kǎo 烤	zhū 豬	pái 排	zòng 粽	zi 子
yā 鴨	niú 牛	ròu 肉	bái 白	shēng 生
xī 西	hóng 紅	shì 柿	qīng 青	cài 菜
là 辣	jiāo 椒	xī 西	lán 蘭	huā 花

① _____B.B.Q_____ ⑦ _____

② _____ ⑧ _____

③ _____ ⑨ _____

④ _____ ⑩ _____

⑤ _____ ⑪ _____

⑥ _____ ⑫ _____

10 List the food in your fridge at home.

shū cài 1) 蔬菜	shuǐ guǒ 2) 水果	ròu 3) 肉	líng shí 4) 零食	yǐn liào 5) 飲料 drinks

94

11 **Write one sentence for each picture using the patterns given.**

Patterns:

wǒ zuì xǐ huan chī xiāng jiāo
我最喜歡吃香蕉。

wǒ bù xǐ huan chī jú zi
我不喜歡吃橘子。

wǒ chī guo hún tun
我吃過餛飩。

wǒ méi yǒu chī guo zòng zi
我沒有吃過粽子。

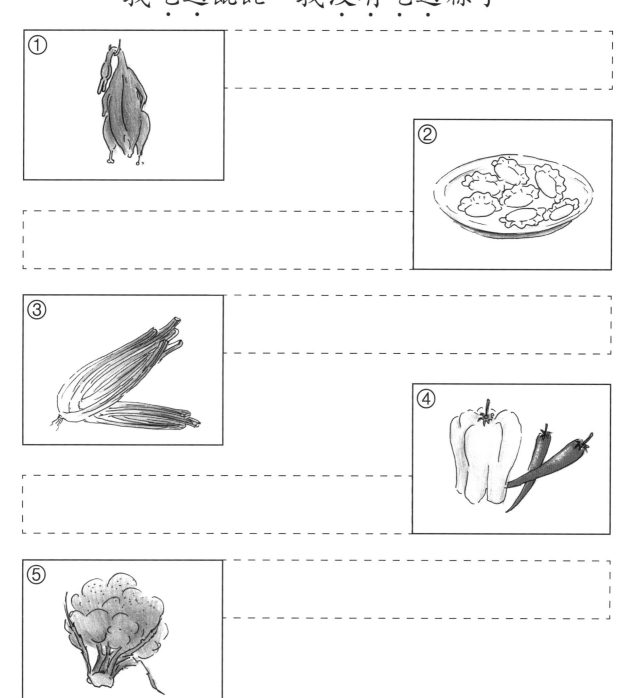

12 **List your favourite food under each category.**

shū cài 1) 蔬菜	shuǐ guǒ 2) 水果	ròu 3) 肉	gāo diǎn 4) 糕點

13 **Trace the characters.**

、 ˋ ⺍ 少 火 灯 灯 灶 炒 炶 烤

	kǎo bake; roast	烤	烤	烤	烤		

丨 冂 冂 日 日 甲 甲 甲 甲 甲 甲 鸭 鸭 鴨 鴨 鴨

	yā duck	鴨	鴨	鴨	鴨		

丿 𠂉 𠂊 今 今 今 食 食 食 飠 飠 飠 飹 餃

	jiǎo dumpling	餃	餃	餃	餃		

	丿 𠂉 𠂤 𠂤 今 今 今 食 飠 飠 飣 飣 飣 餉 餛 餛						
hún tun wonton	餛	飩	餛	飩	餛	飩	

	丿 𠂉 𠂤 𠂤 今 今 今 食 飠 飠 飣 飣 飩						
hún tun wonton	餛	飩	餛	飩	餛	飩	

	丶 丷 丷 半 米 米 米 米 籽 籽 粽 粽 粽 粽						
zòng zi pyramid-shaped dumpling	粽	子	粽	子	粽	子	

14 Writing practice.

IT IS YOUR TURN!

Write a short paragraph about what you and your siblings like to eat.

hěn duō dōng xi wǒ bù chī　wǒ
很多東西我不吃。我

bù chī qīng jiāo　hú luó bo hé xī hóng
不吃青椒、胡蘿蔔和西紅

shì　wǒ hái bù xǐ huan chī táo zi hé
柿。我還不喜歡吃桃子和

xī guā　wǒ xǐ huan chī ròu hé yú
西瓜。我喜歡吃肉和魚。

wǒ mèi mei shén me dōu xǐ huan chī　shén
我妹妹什麼都喜歡吃，什

me dōu chī　suǒ yǐ tā hěn pàng
麼都吃，所以她很胖。
so

dì shí sān kè   wǒ kě le

第十三課 我渴了

1 Trace the characters.

ノ	ク	タ	夕	台	角	魚	魚	魚	魚	魚	

yú fish	魚	魚	魚	魚	魚		

ノ	ク	タ	名	多	色	

sè colour	色	色	色	色	色		

2 Write the radicals.

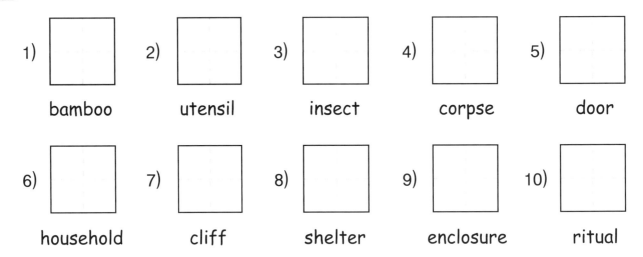

1) ☐ bamboo

2) ☐ utensil

3) ☐ insect

4) ☐ corpse

5) ☐ door

6) ☐ household

7) ☐ cliff

8) ☐ shelter

9) ☐ enclosure

10) ☐ ritual

3 Write three kinds of vehicles in Chinese or in pinyin.

1) _____   2) _____   3) _____

4 Draw a picture for each caption and complete the story.

①

xiǎo wū guī è le kě shì mā
小烏龜餓了，可是媽
ma bú zài jiā tā kū le wǒ yào
媽不在家。牠哭了：＂我要
mā ma
媽媽！＂

②

xiǎo wū guī kàn jian xiǎo niǎo
小烏龜看見小鳥，
wèn nǐ kàn jian wǒ mā ma le ma
問：＂你看見我媽媽了嗎？
wǒ yào mā ma wǒ è le
我要媽媽！我餓了。＂

③

xiǎo wū guī kàn jian xiǎo chóng zi
小烏龜看見小蟲子，
wèn nǐ kàn jian wǒ mā ma le ma
問：＂你看見我媽媽了嗎？
wǒ yào mā ma wǒ è le
我要媽媽！我餓了。＂

④

xiǎo wū guī kàn jian jīn yú
小烏龜看見金魚，
wèn nǐ kàn jian wǒ mā ma le ma
問：＂你看見我媽媽了嗎？
wǒ yào mā ma wǒ è le
我要媽媽！我餓了。＂

⑤

5 Write the characters.

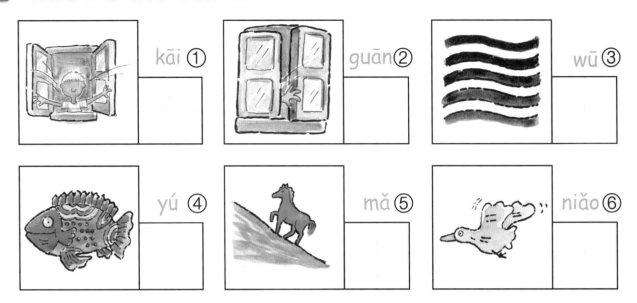

kāi ①

guān ②

wū ③

yú ④

mǎ ⑤

niǎo ⑥

6 Highlight six questions with different colours.

① nǐ	wèi	shén	me	hòu	zuò	shén	me	
你	為	什	麼	後	做	什	麼？	➡ ❷
② nǐ	zhǎng	dà	yǐ	bú	qù	shàng	xué	
你	長	大	以	不	去	上	學？	➡ ❶
③ nǐ	bà	ba	tiān	shàng	jǐ	jié	kè	
你	爸	爸	天	上	幾	節	課？	➡ ❺
④ dì	di	měi	tiān	nǎ	ér	shàng	xué	
弟	弟	每	天	哪	兒	上	學？	➡ ❹
⑤ nǐ	gē	ge	zài	zěn	me	shàng	bān	
你	哥	哥	在	怎	麼	上	班？	➡ ❸
⑥ nǐ	cháng	cháng	qù	nǎ	ér	mǎi	táng	
你	常	常	去	哪	兒	買	糖？	➡ ❻

7 **Create meals for yourself. Draw each meal and write food names in Chinese. Decorate the menus.**

8 Connect the matching characters on the plate and write the words down.

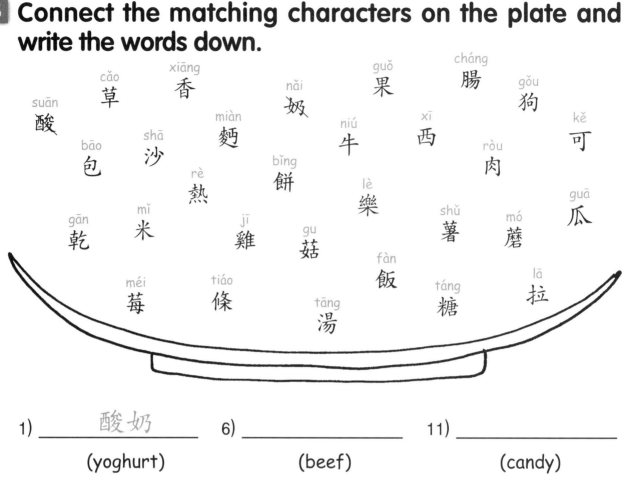

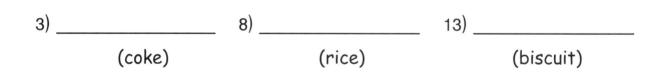

1) _____酸奶_____
(yoghurt)

2) _____
(watermelon)

3) _____
(coke)

4) _____
(chicken soup)

5) _____
(French fries)

6) _____
(beef)

7) _____
(sausage)

8) _____
(rice)

9) _____
(hotdog)

10) _____
(bread)

11) _____
(candy)

12) _____
(salad)

13) _____
(biscuit)

14) _____
(mushroom)

15) _____
(strawberry)

9 **Draw pictures to illustrate the story. Colour in the pictures.**

①

xiǎo gǒu yì biān chī fàn yì biān kàn
小狗一邊吃飯一邊看
diàn shì　　gǒu bà ba duì xiǎo gǒu shuō
電視。狗爸爸對小狗說：
bú yào kàn diàn shì　　bǎ diàn shì guān
"不要看電視。把電視關
shang
上。"

②

xiǎo gǒu yì biān chī fàn yì biān tīng
小狗一邊吃飯一邊聽
yīn yuè　　gǒu bà ba duì xiǎo gǒu shuō
音樂。狗爸爸對小狗說：
bú yào tīng yīn yuè　　bǎ　　guān
"不要聽音樂。把iPad關
shang
上。"

③

xiǎo gǒu yì biān chī fàn yì biān gēn
小狗一邊吃飯一邊跟
xiǎo māo shuō huà　　gǒu bà ba duì xiǎo
小貓說話。狗爸爸對小
gǒu shuō　　bú yào shuō huà
狗說："不要說話！"

④

xiǎo gǒu shēng qì de shuō
小狗生氣地說：
wǒ kě yǐ gàn shén me　　wǒ bù chī
"我可以幹什麼？我不吃
le　　wǒ qù shuì jiào
了，我去睡覺！"

10 Choose the answers from the box.

1) A: wǒ yào chuān yǔ yī
我要穿雨衣。

B: _____

2) A: wǒ yào zuò chē qù
我要坐車去。

B: _____

3) A: wǒ yào chuān dà yī
我要穿大衣。

B: _____

4) A: wǒ yào dǎ zhēn ma
我要打針嗎?

B: _____

---

a) bú yòng nǐ kě yǐ zǒu lù qù
不用,你可以走路去。

b) bú yòng yǔ bú dà
不用,雨不大。

c) bú yòng jīn tiān bù lěng
不用,今天不冷。

d) bú yòng nǐ kě yǐ chī yào
不用,你可以吃藥。

---

11 Write the meaning of each part.

1)
è
餓

food 食   我 ____

2)
bǎo
飽

____ 食   包 ____

3)
xīng
猩

____ 犭   星 ____

4)
yuàn
院

____ 阝   完 ____

12 Look, read and match.

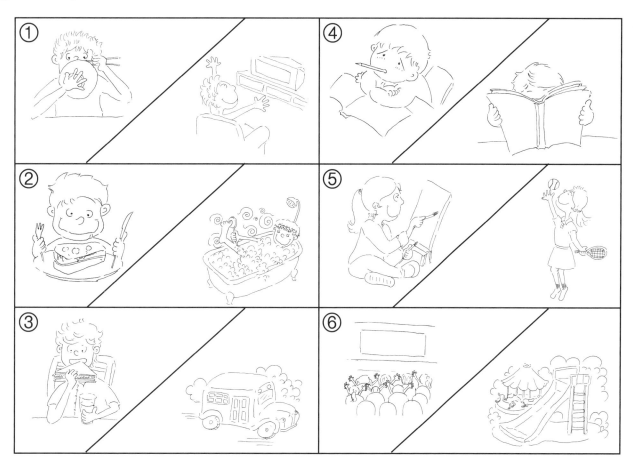

2 | a) 他吃完蛋糕去洗澡。
tā chī wán dàn gāo qù xǐ zǎo

☐ | b) 他做完作業去看書。
tā zuò wán zuò yè qù kàn shū

☐ | c) 他吃完晚飯去看電視。
tā chī wán wǎn fàn qù kàn diàn shì

☐ | d) 他看完電影去公園。
tā kàn wán diàn yǐng qù gōng yuán

☐ | e) 他吃完早飯去上學。
tā chī wán zǎo fàn qù shàng xué

☐ | f) 他畫完畫兒去打球。
tā huà wán huàr qù dǎ qiú

IT IS YOUR TURN!

Write one sentence using "完".

105

13 Write the common part.

1) kě 渴　hē 喝 → 曷

2) diàn 店　zhàn 站 →

3) tí 題　jǐng 頸 →

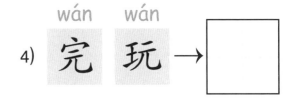

4) wán 完　wán 玩 →

5) mǎi 買　mài 賣 →

6) jiǎo 餃　xiào 校 →

14 Circle the words and write down their meanings.

1)
zhōng 中	cān 餐
kuài 快	xī 西

① Chinese food
②
③

4)
niú 牛	kǎo 烤
yā 鴨	ròu 肉

①
②
③

2)
fàn 飯	shū 書
huā 花	diàn 店

①
②
③

5)
qīng 青	qín 芹
cài 菜	huā 花

①
②
③

3)
gōng 公	sī 司
fēi 飛	jī 機

①
②
③

6)
wán 玩	wén 文
jiā 家	jù 具

①
②
③

15 Make a sentence using each of the words.

huì
1) 會：＿＿＿＿＿＿＿＿＿＿＿＿＿＿＿＿＿

yào
2) 要：＿＿＿＿＿＿＿＿＿＿＿＿＿＿＿＿＿

bú yòng
3) 不用：＿＿＿＿＿＿＿＿＿＿＿＿＿＿＿

16 Trace the characters.

丶 丶 丬 氵 氵 沪 沪 沪 沪 涡 渴 渴 渴						
kě thirsty	渴	渴	渴	渴	渴		

丶 ㇒ 宀 宀 宀 宇 完						
wán finish	完	完	完	完	完		

丿 丿 卢 乍 今 今 食 食 食 飣 飠 飠 飿 餓 餓						
è hungry	餓	餓	餓	餓	餓		

丿 丿 卢 乍 今 今 食 食 飠 飠 飽 飽 飽						
bǎo be full	飽	飽	飽	飽	飽		

107

1 Trace the characters.

ˊ	厂	刀	月	舟	舟		
zhōu boat	舟	舟	舟	舟	舟		

一 广 户 帀 雨 雨 雨 雨 雫 雪 雪 雪 電

| diàn
electricity | 電 | 電 | 電 | 電 | | | |

2 Write the radicals.

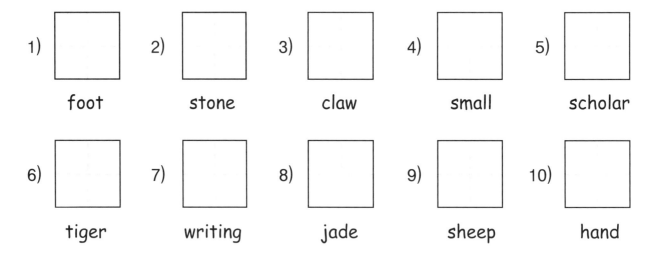

1) ☐ foot

2) ☐ stone

3) ☐ claw

4) ☐ small

5) ☐ scholar

6) ☐ tiger

7) ☐ writing

8) ☐ jade

9) ☐ sheep

10) ☐ hand

3 Write three kinds of clothes in Chinese or in pinyin.

1) _____   2) _____   3) _____

4 **Match the picture to the caption.**

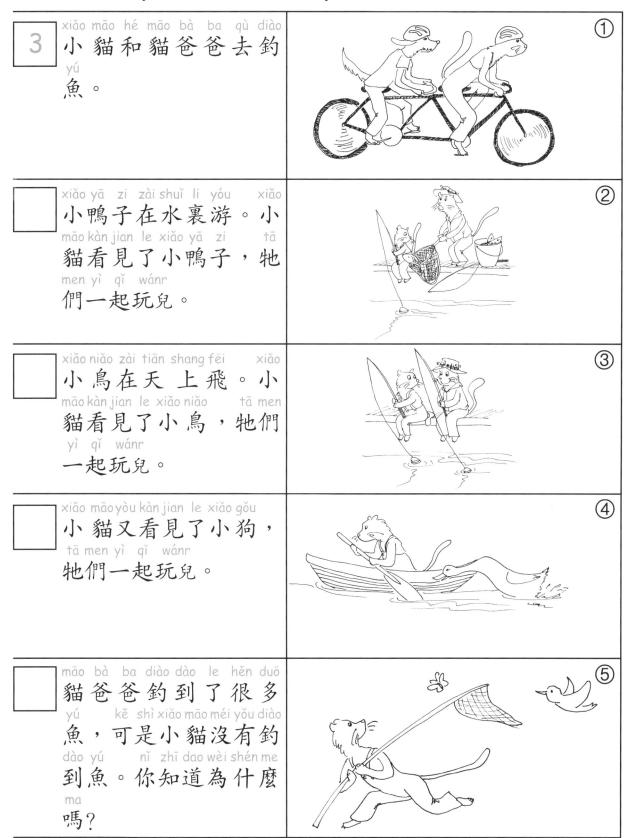

3	xiǎo māo hé māo bà ba qù diào 小貓和貓爸爸去釣 yú 魚。	①
	xiǎo yā zi zài shuǐ li yóu xiǎo 小鴨子在水裏游。小 māo kàn jian le xiǎo yā zi tā 貓看見了小鴨子，牠 men yì qǐ wánr 們一起玩兒。	②
	xiǎo niǎo zài tiān shang fēi xiǎo 小鳥在天上飛。小 māo kàn jian le xiǎo niǎo tā men 貓看見了小鳥，牠們 yì qǐ wánr 一起玩兒。	③
	xiǎo māo yòu kàn jian le xiǎo gǒu 小貓又看見了小狗， tā men yì qǐ wánr 牠們一起玩兒。	④
	māo bà ba diào dào le hěn duō 貓爸爸釣到了很多 yú kě shì xiǎo māo méi yǒu diào 魚，可是小貓沒有釣 dào yú nǐ zhī dao wèi shén me 到魚。你知道為什麼 ma 嗎？	⑤

5 Write the characters.

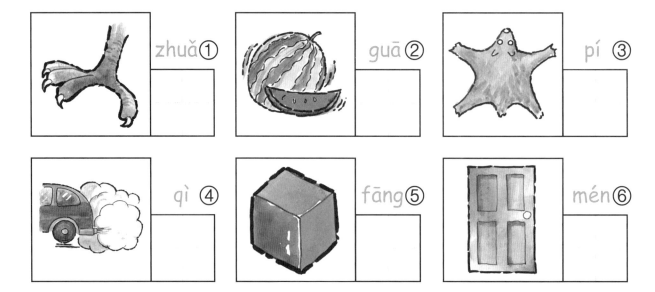

zhuǎ ①

guā ②

pí ③

qì ④

fāng ⑤

mén ⑥

6 Circle the words and write the meaning of each word.

wén 文	míng 明	nián 年	xiàng 橡	shū 書
cǎi 彩	jù 具	diàn 店	pí 皮	bāo 包
gù 固	sè 色	hé 盒	jiǎn 剪	xié 鞋
tǐ 體	juǎn 捲	bǐ 筆	dāo 刀	kè 課
jiāo 膠	wài 外	liàn 練	xí 習	běn 本
miàn 面	yáng 陽	tái 台	bīng 冰	xiāng 箱

① pencil case ⑧ _____

② _____ ⑨ _____

③ _____ ⑩ _____

④ _____ ⑪ _____

⑤ _____ ⑫ _____

⑥ _____ ⑬ _____

⑦ _____ ⑭ _____

7 **Complete each sentence.**

①
爬上

máo mao chóng
毛毛蟲 爬上了陽台 。

②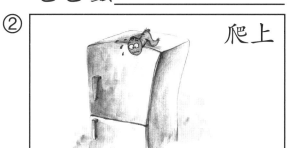
爬上

máo mao chóng
毛毛蟲＿＿＿＿＿＿＿。

③
爬上

máo mao chóng
毛毛蟲＿＿＿＿＿＿＿。

④
爬進

máo mao chóng
毛毛蟲＿＿＿＿＿＿＿。

⑤
坐在

xiǎo gǒu
小狗＿＿＿＿＿＿＿＿。

⑥
走進

nán shēng
男生＿＿＿＿＿＿＿＿。

⑦
走出

yī shēng
醫生＿＿＿＿＿＿＿＿。

⑧
走進

xiǎo gǒu
小狗＿＿＿＿＿＿＿＿。

8 **Make a sentence using the words given.**

1)
máomaochóng	yáng tái
毛毛蟲	陽台

毛毛蟲爬上了陽台。

2)
pá shang	shū jià
爬上	書架

3)
jīn tiān	rè
今天	熱

4)
è	xiǎng chī
餓	想吃

5)
kě	yào hē
渴	要喝

9 **Answer the questions.**

nǐ men jiā yǒu yáng tái ma
1) 你們家有陽台嗎？ _____

nǐ de fáng jiān li yǒu shū jià ma
2) 你的房間裏有書架嗎？ _____

nǐ de fáng jiān li yǒu kōng tiáo ma
3) 你的房間裏有空調嗎？ _____

nǐ de shū bāo li yǒu shén me
4) 你的書包裏有什麼？ _____

nǐ de shū zhuō shang yǒu shén me
5) 你的書桌上有什麼？ _____

112

10 Draw the items below in a room and label them either in Chinese or in pinyin.

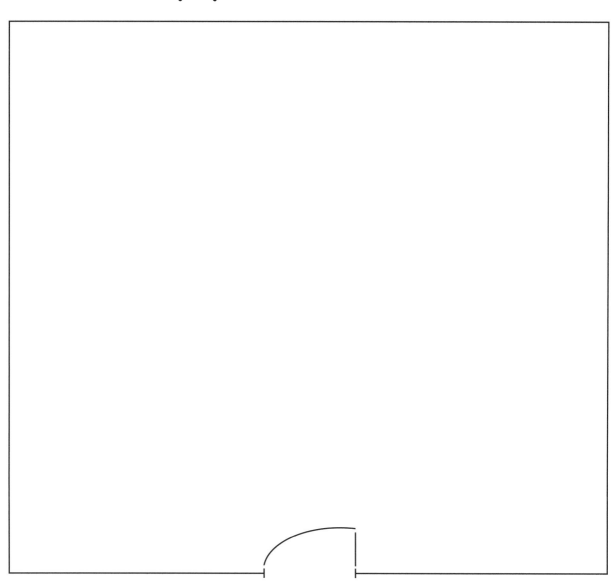

1) shū jià 書架　2) shū guì 書櫃　3) yǐ zi 椅子　4) shū zhuō 書桌　5) xiào fú 校服

6) yī guì 衣櫃　7) xié guì 鞋櫃　8) shā fā 沙發　9) shū bāo 書包　10) kōng tiáo 空調

11) diàn shì guì 電視櫃　12) chuáng tóu guì 牀頭櫃　13) chuáng 牀

11 Trace the characters.

╯	╯	彳	彳	彳	彳	祌	祌	祌	從	從

cóng from	從	從	從	從	從		

´	厂	爪	爪	爪	爪	爬

pá crawl	爬	爬	爬	爬	爬		

一	乙	云	云	至	至	到	到

dào to	到	到	到	到	到		

´	㇮	阝	阝	阝	阝	阠	阠	陽	陽	陽	陽

yáng sun	陽	陽	陽	陽	陽		

㇜	㇂	台	台	台

tái platform	台	台	台	台	台		

丁	力	加	加	加	架	架	架

jià shelf	架	架	架	架	架		

		㇒ ㇒ ㇒ ㇒ ㇒ 竺 竺 竿 笁 笁 笝 笝 笝 箱					
xiāng box	箱	箱	箱	箱	箱		

		㇔ ㇔ 宀 宀 穴 宓 空 空				
kōng tiáo air-conditioner	空	調	空調	空調	

		㇔ 亠 ㇒ 訁 訁 言 言 訂 訂 訃 調 調 調 調				
kōng tiáo air-conditioner	空	調	空調	空調	

12 Read the description below and draw a picture to illustrate it.

zhōu mò wǒ hé bà ba　　 mā ma qù pá shān　　 shān shang yǒu hěn duō huā
周 末 我 和 爸 爸、媽 媽 去 爬 山。山 上 有 很 多 花，

hái yǒu jǐ jiān xiǎo mù wū
還 有 幾 間 小 木 屋。

1 Trace the characters.

丶 夕 夕 夕 夕 角 角 角

| jiǎo / horn | 角 | | | | | |

一 厂 厂 F F 丟 丟 丟 髟 髟 髟 髟 髮 髮 髮

| fà / hair | 髮 | | | | | |

2 Write the radicals.

1) ☐ food

2) ☐ knife

3) ☐ stand

4) ☐ boat

5) ☐ square

6) ☐ bird

7) ☐ fire

8) ☐ horse

9) ☐ ornament

10) ☐ ice

3 Write three kinds of meat.

1) _____   2) _____   3) _____

4 Design the items.

① nào zhōng
鬧 鐘

② shǒu biǎo
手 錶

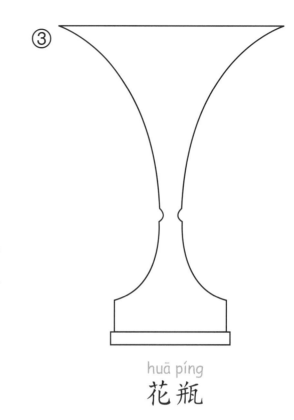

③

huā píng
花瓶

5 Fill in the blanks with the measure words in the box.

zhī	shuāng	kuài	pán	guàn	jiàn	tiáo	gēn
支	雙	塊	盤	罐	件	條	根

1) 一__雙__ 涼鞋
    yì   liáng xié

2) 一____ 襯衫
    yí   chèn shān

3) 一____ 裙子
    yì   qún zi

4) 一____ 香蕉
    yì   xiāngjiāo

5) 一____ 炒飯
    yì   chǎo fàn

6) 一____ 汽水
    yí   qì shuǐ

7) 一____ 鋼筆
    yì   gāng bǐ

8) 一____ 巧克力
    yí   qiǎo kè lì

6 Find the things and describe their locations.

1) xiàng kuàng
相 框 在桌子上_____

2) shǒu biǎo zài
手 錶 在 _____

3) qiān bǐ
鉛筆 _____

4) juǎn bǐ dāo
捲筆刀 _____

5) huā
花 _____

6) jiǎn dāo
剪刀 _____

7) rì jì běn
日記本 _____

8) chǐ zi
尺子 _____

9) gù tǐ jiāo
固體膠 _____

10) nào zhōng
鬧 鐘 _____

7 **Write the common part.**

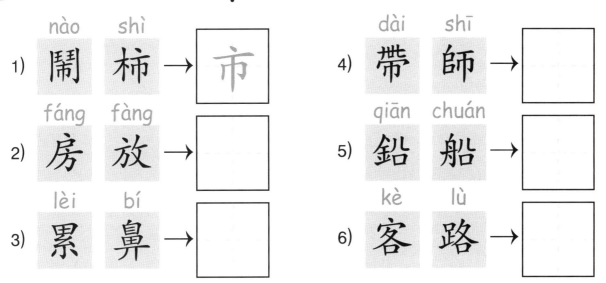

1) nào 鬧　shì 柿 → 市
2) fáng 房　fàng 放 →
3) lèi 累　bí 鼻 →
4) dài 帶　shī 師 →
5) qiān 鉛　chuán 船 →
6) kè 客　lù 路 →

8 **Connect the matching characters on the plate and write the words down.**

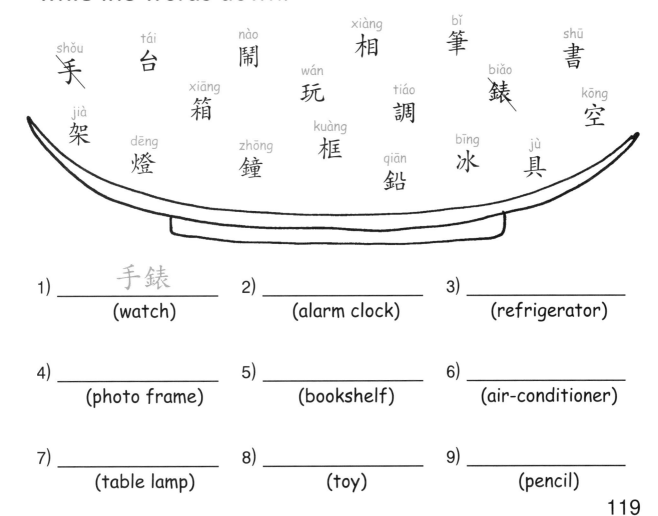

1) ＿＿手錶＿＿
(watch)

2) ＿＿＿＿＿＿
(alarm clock)

3) ＿＿＿＿＿＿
(refrigerator)

4) ＿＿＿＿＿＿
(photo frame)

5) ＿＿＿＿＿＿
(bookshelf)

6) ＿＿＿＿＿＿
(air-conditioner)

7) ＿＿＿＿＿＿
(table lamp)

8) ＿＿＿＿＿＿
(toy)

9) ＿＿＿＿＿＿
(pencil)

9 Write the meaning of each part.

1)
huó
活

water 氵 ____ 舌 tongue ____

2)
shì
視

____ 礻 ____ 見 ____

3)
xiàng
相

____ 木 ____ 目 ____

4)
shǐ
始

____ 女 ____ 台 ____

5)
qíng
晴

____ 日 ____ 青 ____

6)
zhōng
鐘

____ 金 ____ 童 ____

10 Write the characters.

 ér ①

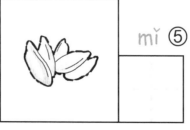 chā ②

 niú ③

 yáng ④

mǐ ⑤

 ròu ⑥

11 Circle the words and write the meaning of each word.

① shǒu 手	biǎo 錶	huā 花	píng 瓶	nào 鬧
pí 皮	dài 帶	gōng 公	yuán 園	zhōng 鐘
xié 鞋	bāo 包	zi 子	xiàng 相	kuàng 框
kōng 空	shū 書	yáng 陽	tái 台	diàn 電
tiáo 調	zhuō 桌	jià 架	fēng 風	dēng 燈

① _watch_ ⑥ _____

② _____ ⑦ _____

③ _____ ⑧ _____

④ _____ ⑨ _____

⑤ _____ ⑩ _____

12 Choose the correct parts to complete the characters.

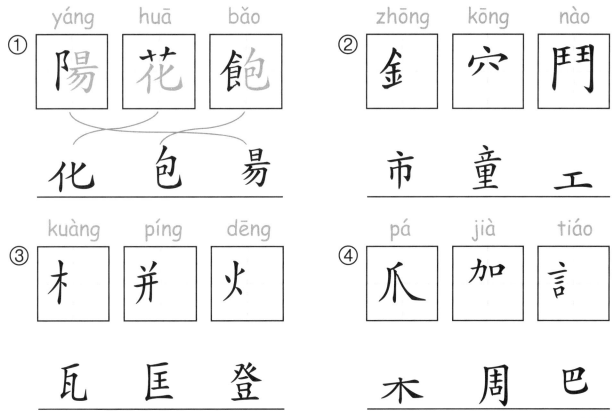

① yáng 陽　huā 花　bǎo 飽

化　包　昜
_____

② zhōng 金　kōng 穴　nào 鬥

市　童　工
_____

③ kuàng 木　píng 并　dēng 火

瓦　匡　登
_____

④ pá 爪　jià 加　tiáo 言

木　周　巴
_____

13 Make a sentence using the words given.

1)
fáng jiān	luàn
房 間	亂

他的房間太亂了。

2)
shǒu biǎo	huā píng
手 錶	花 瓶

3)
xiàng kuàng	tái dēng
相 框	台 燈

4)
xiǎo dì di	chuáng
小 弟 弟	牀

5)
nào zhōng	shū zhuō
鬧 鐘	書 桌

6)
pá shang	bīng xiāng
爬 上	冰 箱

14 Trace the characters.

㇒ ㇐ ㇒ 凸 乤 乥 严 岛 岛 岛 岛 岛 亂

luàn messy	亂	亂	亂	亂	亂		

㇒ ㇒ ㇒ 乍 乍 钅 金 金 釒 鉅 銈 錶 錶 錶 錶

biǎo watch	錶	錶	錶	錶			

122

`丶 ヽ ヽ ソ 兰 乡 并 并 并 瓶 瓶 瓶`

| píng / bottle | 瓶 | | | | |

`丨 厂 厂 厂 厂 厂 厂 厅 厅 鬥 鬥 鬥 鬧 鬧 鬧`

| nào / noisy | 鬧 | | | | |

`丿 亻 亻 二 午 午 余 金 金 釒 鈩 鉾 鋅 鋅 鐈 鐈 鐈 鐘 鐘`

| zhōng / clock | 鐘 | | | | |

`丨 刀 刀 日 日 旷 旷 旷 旷 暖 暖 暖 暖 暖`

| nuǎn / warm | 暖 | | | | |

`一 十 才 木 机 机 相 相 相`

| xiàng / picture | 相 | | | | |

`一 十 才 木 术 杧 杧 杆 桓 框`

| kuàng / frame | 框 | | | | |

`丶 亠 广 广 庐 庐 庐 底 底`

| dǐ / bottom | 底 | | | | |

第十六課 吃飯要用碗

1 Trace the characters.

	ㄱ ㄱ ㄱ ㅋ 書 書 書 書 書 書 書					
shū book	書					
	` ^ ㅗ 立 立 产 产 音 音 音 音 音 音 音 音 音					
lóng dragon	龍					

2 Write the radicals.

1) [ ] bow

2) [ ] owe

3) [ ] page

4) [ ] bamboo

5) [ ] animal

6) [ ] tiger

7) [ ] metal

8) [ ] foot

9) [ ] utensil

10) [ ] ear

3 Write three kinds of vehicles in Chinese or in pinyin.

1) _____ 2) _____ 3) _____

4 Write the time in Chinese.

xiàn zài jǐ diǎn
現在幾點?

1)

現在三點。

_____

2)

_____

3)

_____

4)

_____

5)

_____

6)

_____

7)

_____

8)

_____

5 **Find the measure words.**

1) pí xié
皮鞋 •

a) zhī
支

2) qiǎo kè lì
巧克力 •

b) shuāng
雙

3) qiān bǐ
鉛筆 •

c) guàn
罐

4) xiāng jiāo
香蕉 •

d) kuài
塊

5) kě lè
可樂 •

e) tiáo
條

6) cháng kù
長褲 •

f) jiàn
件

7) xióng māo
熊貓 •

g) gēn
根

8) máo yī
毛衣 •

h) zhī
隻

6 **Connect the matching words**

1) shū
梳 •

a) liǎn
臉

2) xǐ
洗 •

b) fàn
飯

3) chī
吃 •

c) tóu
頭

4) hē
喝 •

d) xié
鞋

5) chuān
穿 •

e) gǒu
狗

6) kàn
看 •

f) shuǐ
水

7) yǎng
養 •

g) qiú
球

8) tī
踢 •

h) shū
書

7 **Complete the sentences. You may write pinyin.**

1) wǒ měi tiān zǎo shang dōu
我每天早上都_____

2) wǎn shang wǒ yì bān
晚上我一般_____

8 **Create a new kind of furniture. Draw a picture and colour it in.**

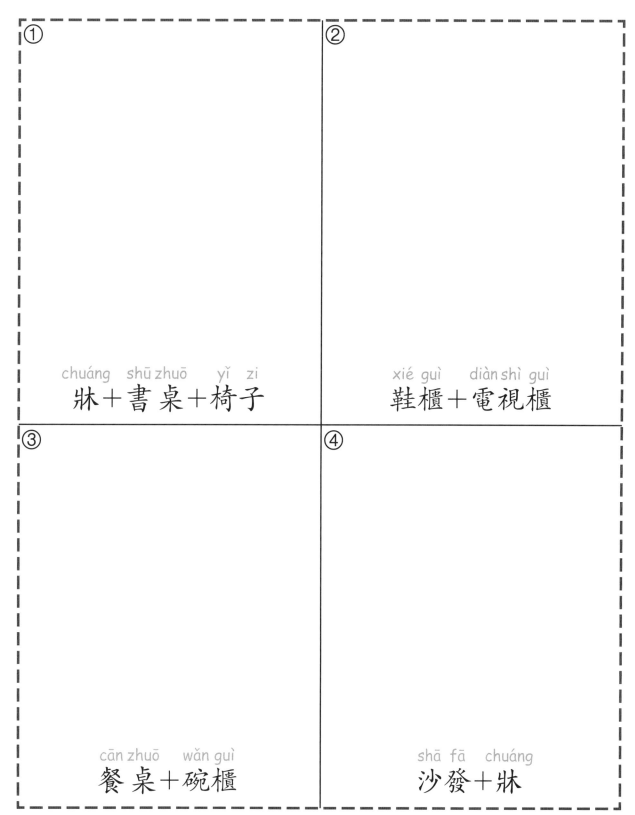

① chuáng shū zhuō yǐ zi
牀＋書桌＋椅子

② xié guì diàn shì guì
鞋櫃＋電視櫃

③ cān zhuō wǎn guì
餐桌＋碗櫃

④ shā fā chuáng
沙發＋牀

9 Circle the words and write the meaning of each word.

① yá 牙	shuā 刷	liǎn 臉	shì 室	yù 浴
yào 藥	gāo 膏	xǐ 洗	tóu 頭	yè 液
huā 花	píng 瓶	nuǎn 暖	xiàng 相	kuàng 框
mù 木	kuài 筷	qì 氣	shǒu 手	biǎo 錶
fàn 飯	wǎn 碗	zi 子	nào 鬧	zhōng 鐘

① <u>toothbrush</u> ⑥ _____

② _____ ⑦ _____

③ _____ ⑧ _____

④ _____ ⑨ _____

⑤ _____ ⑩ _____

10 Complete the sentences either in Chinese or by drawing pictures.

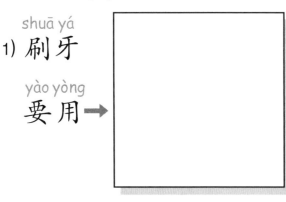

shuā yá
1) 刷牙

yào yòng
要用 ➡

xǐ tóu
2) 洗頭

yào yòng
要用 ➡

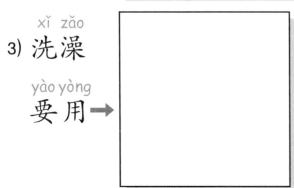

xǐ zǎo
3) 洗澡

yào yòng
要用 ➡

chī fàn
4) 吃飯

yào yòng
要用 ➡

11 Draw your washroom and the things in it. Label them either in Chinese or in pinyin.

12 Combine the characters in the box to make words.

yá	yù	shuā	shū	gāo	zi	bēi	máo	kuài	yī	yè
牙	浴	刷	梳	膏	子	杯	毛	筷	衣	液

1) 牙刷   2) _____   3) _____   4) _____

5) _____   6) _____   7) _____

13 Fill in the blanks with appropriate words.

xīng qī yī
星期一，

wǒ   qǐ chuáng
1) 我___六點___起牀。

wǒ men shàng wǔ shàng   jié kè
4) 我們 上午 上_____節課。

wǒ   chī zǎo fàn
2) 我_____吃早飯。

wǒ   fàngxué huí jiā
5) 我_____放學回家。

wǒ zuò   shàng xué
3) 我坐_____上學。

wǒ   shuì jiào
6) 我_____睡覺。

14 Write the characters.

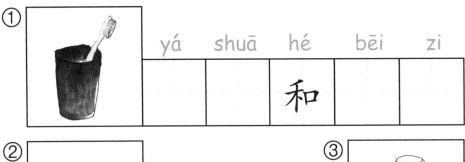

① yá shuā hé bēi zi

和

② shū zi

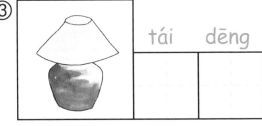

③ tái dēng

④ shǒu biǎo

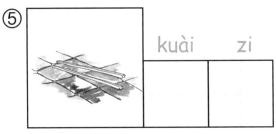

⑤ kuài zi

⑥ xiàng kuàng hé huā píng

和

15 Read the story and match the picture to the caption.

2	yì zhī xiǎo niǎo zài zhǎo tā de péng you 一隻小鳥在找牠的朋友。
	tā kàn jian le yì zhī hěn gāo de niǎo tā xiǎng tā bú shì wǒ de péng you 牠看見了一隻很高的鳥。牠想："牠不是我的朋友。"
	tā kàn jian le yì zhī cháng wěi ba de niǎo tā xiǎng tā bú shì wǒ de péng you 牠看見了一隻長尾巴的鳥。牠想："牠不是我的朋友。"
	tā kàn jian le yì zhī dà zuǐ ba de niǎo tā xiǎng tā bú shì wǒ de péng you 牠看見了一隻大嘴巴的鳥。牠想："牠不是我的朋友。"
	tā kàn jian le yì zhī niǎo zài chàng gē tā zhǎng de gēn zì jǐ yí yàng tā xiǎng tā shì wǒ de péng you 牠看見了一隻鳥在唱歌，牠長得跟自己一樣。牠想："牠是我的朋友。"

131

16 **Read the phrases and draw pictures.**

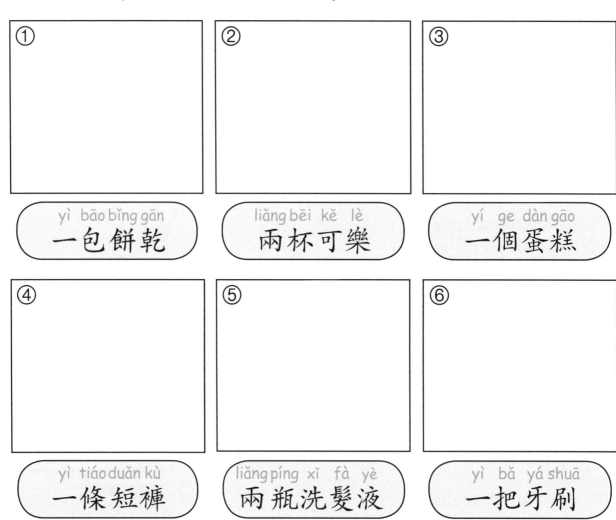

① yì bāo bǐng gān
一包餅乾

② liǎng bēi kě lè
兩杯可樂

③ yí ge dàn gāo
一個蛋糕

④ yì tiáo duǎn kù
一條短褲

⑤ liǎng píng xǐ fà yè
兩瓶洗髮液

⑥ yì bǎ yá shuā
一把牙刷

17 **Trace the characters.**

㇆ ㇕ 尸 尸 吊 吊 刷 刷						
shuā brush	刷	刷	刷	刷		
丶 亠 亠 亡 古 户 高 高 高 高 膏 膏 膏 膏						
gāo paste	膏	膏	膏	膏		

| | | ` | ` | ` | 氵 | 氵 | 沪 | 沪 | 沪 | 汸 | 浐 | 液 | 液 |

| yè liquid | 液 | | | | | |

| 一 | 十 | 才 | 木 | 术 | 朾 | 栌 | 栌 | 桥 | 梳 |

| shū comb | 梳 | | | | | |

| 一 | 十 | 才 | 木 | 术 | 朾 | 材 | 杯 |

| bēi cup | 杯 | | | | | |

| 一 | ア | 不 | 丆 | 石 | 石 | 矿 | 矿 | 砂 | 碎 | 碗 |

| wǎn bowl | 碗 | | | | | |

| ノ | ト | ケ | 竹 | 竻 | 筇 | 筊 | 筷 |

| kuài chopsticks | 筷 | | | | | |

18 Complete the sentences.

在超市你可以买到……

_____

_____

詞匯表

A

ān	安	calm
ānjìng	安靜	quiet
àodàlìyà	澳大利亞	Australia

B

bái	白	white
báicài	白菜	Chinese cabbage
bàn	半	half
bǎo	飽	be full
bēi	杯	cup
bēizi	杯子	cup
biàn	便	handy
biànlìdiàn	便利店	convenient shop
biǎo	錶	watch
bīngxiāng	冰箱	refrigerator
bìng	病	illness
bó	脖	neck
bózi	脖子	neck
búyào	不要	don't
búyòng	不用	no need

C

cài	菜	dish
càihuā	菜花	cauliflower
cè	廁	toilet
cèsuǒ	廁所	toilet

chā	叉	fork
chángjǐnglù	長頸鹿	giraffe
chǎng	廠	factory
chàng	唱	sing
chànggē	唱歌	sing
chāo	超	super
chāoshì	超市	supermarket
chē	車	vehicle
chí	池	pool
chūlai	出來	indicate the direction of motion from inside
chūn	春	spring
chūntiān	春天	spring
cóng	從	from

D

dǎ	打	open
dǎkāi	打開	open
dǎzhēn	打針	give or have an injection
dàxīngxing	大猩猩	gorilla
dàxué	大學	university
dàifu	大夫	doctor
dào	到	to
dǐ	底	bottom
dǐxia	底下	under
diàn	店	shop; store

diàn	電 electricity	
diànyǐngyuàn	電影院 cinema	
dōng	冬 winter	
dōngtiān	冬天 winter	
dōngxi	東西 stuff	
dù	度 degree	
duì	對 to	

E

è	餓 hungry	
ér	兒 child	
értóng	兒童 children	
ěr	耳 ear	

F

fāshāo	發燒 have a fever	
fà	髮 hair	
fàndiàn	飯店 restaurant	
fāng	方 square	
fàng	放 put; place	
fúwù	服務 service	
fúwùyuán	服務員 attendant	
fúzhuāng	服裝 clothes	
fù	附 nearby	
fùjìn	附近 nearby	

G

gǎnmào	感冒 catch cold	
gāo	膏 paste	
gē	歌 song	

gěi	給 give; for	
gū	菇 mushroom	
guā	瓜 melon	
guān	關 close	
guī	龜 tortoise	
guójiā	國家 country	
guo	過 indicate past experience	

H

hǎo	好 get well	
hǎochī	好吃 delicious	
hǎokàn	好看 good-looking	
hé	合 close	
hé	河 river	
hémǎ	河馬 hippopotamus	
hóngdòushā	紅豆沙 sweatened red-bean paste	
hòu	後 back	
hòumiàn	後面 behind	
hù	護 protect; guard	
hùshi	護士 nurse	
huā	花 flower	
huāpíng	花瓶 vase	
huà	畫 draw; paint	
huàr	畫兒 drawing; painting	
huàhuàr	畫畫兒 draw a picture; paint a painting	
huì	會 be likely to	
húntun	餛飩 wonton	
huǒchē	火車 train	

135

huǒchēzhàn 火車站 train station

J

jì　　　季　season
jìjié　　季節　season
jià　　　架　shelf
jiāo　　椒　any of hot spice plants
jiǎo　　角　horn
jiǎo　　餃　dumpling
jiǎozi　餃子　dumpling
jīn　　　金　gold
jìn　　　近　near
jǐng　　頸　neck
jìng　　靜　quiet

K

kāi　　　開　open
kāichē　開車　drive
kàn　　　看　visit
kǎo　　　烤　bake; roast
kǎoyā　烤鴨　roast duck
késou　咳嗽　cough
kě　　　渴　thirsty
kěyǐ　　可以　can; may
kōngtiáo 空調　air-conditioner
kuài　　筷　chopsticks
kuàizi　筷子　chopsticks
kuàng　框　frame

L

lā　　　拉　play (certain musical instruments)
lāxiǎotíqín 拉小提琴 play the violin
là　　　辣　hot; spicy
làjiāo　辣椒　chilli; pepper
lí　　　離　away (from)
lǐmiàn　裏面　inside
lì　　　利　convenient
liángkuai 涼快　nice and cool
liàng　亮　bright
língxià　零下　below zero
lóng　　龍　dragon
lù　　　鹿　deer
luàn　　亂　messy

M

mǎ　　　馬　horse
mǎi　　　買　buy
mài　　　賣　sell
máo　　　毛　wool; hair
máomaochóng 毛毛蟲　catepillar
mén　　　門　door
mǐ　　　米　rice
mógu　　蘑菇　mushroom
mò　　　末　end

136

N

nàli	那裏	there
nàr	那兒	there
nán	難	unpleasant; not good
nào	鬧	noisy
nàozhōng	鬧鐘	alarm clock
niǎo	鳥	bird
niú	牛	ox
nuǎn	暖	warm
nuǎnqì	暖氣	heating

P

pá	爬	crawl
píng	瓶	bottle

Q

qì	氣	air
qìwēn	氣溫	air temperature
qián	前	front
qiánmiàn	前面	in front
qín	芹	celery
qíncài	芹菜	celery
qīng	青	green
qīngcài	青菜	green vegetables
qiū	秋	autumn
qiūtiān	秋天	autumn

R

rènzhēn	認真	take seriously
ròu	肉	meat

S

sè	色	colour
shénme	什麼	whatever
shēngbìng	生病	fall ill
shì	市	market
shì	柿	persimmon
shǒubiǎo	手錶	watch
shū	書	book
shūjià	書架	bookshelf
shū	梳	comb
shūtóu	梳頭	comb one's hair
shūzi	梳子	comb
shuā	刷	brush
sījī	司機	driver
suǒ	所	place

T

tái	台	platform
táidēng	台燈	desk lamp
tiàowǔ	跳舞	dance
tīng	聽	listen
tóng	童	child
tòng	痛	ache; pain
tóutòng	頭痛	headache
tǔdòu	土豆	potato

W

wàimiàn	外面	outside
wán	完	finish
wánjù	玩具	toy
wǎn	碗	bowl
wěi	尾	tail
wěiba	尾巴	tail
wèishénme	為什麼	why
wēn	溫	temperature
wèntí	問題	question
wū	烏	black; dark
wūguī	烏龜	tortoise
wǔ	舞	dance

X

xībānyá	西班牙	Spain
xīhóngshì	西紅柿	tomato
xīlánhuā	西蘭花	broccoli
xǐfàyè	洗髮液	shampoo
xǐtóu	洗頭	wash one's hair
xià	夏	summer
xiàtiān	夏天	summer
xiàwǔ	下午	afternoon
xiāng	箱	box
xiàng	相	picture
xiàngkuàng	相框	photo frame
xiǎomàibù	小賣部	tuck shop
xiǎotíqín	小提琴	violin

xiě	寫	write
xīn	心	heart
xīnjiāpō	新加坡	Singapore
xíng	行	OK

Y

yā	鴨	duck
yá	牙	tooth
yágāo	牙膏	toothpaste
yáshuā	牙刷	toothbrush
yáng	羊	sheep
yáng	陽	sun
yángtái	陽台	balcony
yào	要	should; need; want
yào	藥	medicine
yè	液	liquid
yī	醫	doctor
yīshēng	醫生	doctor
yīyuàn	醫院	hospital
yǐhòu	以後	after
yīn	因	because
yīnwèi	因為	because
yǒng	泳	swim
yòngxīn	用心	with care
yóu	游	swim
yóuyǒng	游泳	swim
yóuyǒngchí	游泳池	swimming pool
yóulèyuán	遊樂園	amusement park
yú	魚	fish

yùyè	浴液 bath liquid soap	zuǒyòu 左右 around
yuán	員 person engaged in a certain field of activity	
yuǎn	遠 far	
yuàn	院 a public place	
yuèliang	月亮 moon	

Z

zǎoshang	早上 (early) morning
zhàn	站 station
zhǎng	長 grow
zhǎngdà	長大 grow up
zhèr	這兒 here
zhēn	針 injection
zhōng	鐘 clock
zhōu	舟 boat
zhōu	周 week
zhōumò	周末 weekend
zhuǎ	爪 claw
zhuāng	裝 clothes
zǒng	總 always
zǒngshì	總是 always
zòngzi	粽子 pyramid-shaped dumpling made of glutinous rice wrapped in reed leaves
zuò	做 do
zuòfàn	做飯 cook

相關教學資源 Related Teaching Resources

歡迎瀏覽網址或掃描二維碼瞭解《輕鬆學漢語》《輕鬆學漢語
（少兒版）》電子課本。

For more details about e-textbook of *Chinese Made Easy,
Chinese Made Easy for Kids*, please visit the website or scan
the QR code below.
http://www.jpchinese.org/ebook